棟居刑事 悪の山

森村誠一

目次

プロローグ

旧校舎の二階屋根の突端に開口している換気口に、スズメが巣をかけた。

それを最初に見つけたのは、クラスの番長である。

生徒たちは窓から屋根に出ることを禁じられているが、教師の目を盗んでは屋根に出て遊ぶ。禁じられた遊びほど面白い。

一時、帽子を飛ばす遊びが流行《はや》ったとき、屋根からしきりに帽子を飛ばして、飛距離を競った。

「スズメの巣に換気口を塞《ふさ》がれると、空気が悪くなる。度胸試しにだれか行って、除《と》って来い」

番長が命じた。

巣は屋根の突端に開口している換気口の入口につくられて、悪童たちの手がわずかに届かない。

換気口に手をかけるためには腰を浮かし、上体を伸ばして屋根から落ちる危険を冒さなければならない。

「度胸試しだ。だれか行って来い」

番長の命令はクラスにとって至上命令である。

だが、だれも志願しない。さすがの悪童たちもスズメの知恵に挑む危険を承知している。

番長は自分が率先して度胸を示そうとはしない。自分の身を安全圏に置いて、子分の度胸を試すのも番長の権限である。

だれも名乗り出ないので、番長はいらいらした。

番長の命令に従う者がなければ、番長の権威は失墜する。

「おまえ、行け」

番長は、クラスで最も弱そうな生徒に命じた。

「ぼくは高所恐怖症なんだよ」

指名された生徒は青い顔をして後退《あとずさ》った。

「高所恐怖症だと。おい、みんな、二階が高所だとよ」

番長が笑った。

番長に同調して、クラス全員が笑った。笑わなければ、その者が指名される。番長に迎合することが最良の自衛である。

二階とはいえ、そこから転落すればかなりのダメージを受ける。打ち所が悪ければ死ぬかもしれない。

「意気地なしめ。行けねえのか」

番長が罵《ののし》った。

だったら、おまえ行けと言い返せないのが悔しい。

「意気地なし、意気地なし」

クラスが番長に迎合して、シュプレヒコールした。

番長の命令を拒むことはできない。拒めば、次にどんな残酷なリンチが待っているかわからない。

指名された少年は、悲壮な面持ちで屋根へ出た。

屋根はかなりの勾配《こうばい》である。スレートは滑りやすい。少年は這《は》うようにして屋根を伝った。

ようやく換気口の開口している突端へたどり着いた。

「もう少しだ。頑張れ」

全級が窓に鈴なりになって少年を応援した。番長に迎合した彼らも、少年がクラスのスケープゴートにされたことを悟って、番長への迎合を応援に変えている。

彼らも番長に迎合する卑怯《ひきょう》を知っている。意気地なしは彼らであった。

少年はそろそろと換気口に手を伸ばした。だが、わずかなところで届かない。

それ以上無理をすれば、屋根から転落してしまう。

換気口に注意を集めていた少年の視線が、ふと地上を見た。

その瞬間、彼は動けなくなった。

「なにをしている。早く帰って来い」

番長が窓辺から怒鳴った。

休み時間は終わりかけている。ぐずぐずしていれば、授業が始まり、教師がやって来る。

それまでに教室へ戻っていなければならない。

だが、怒鳴られても、少年は身動きができない。屋根の突端で腰が抜けてしまった。

始業のチャイムが鳴った。


早弁は中学生の常識である。三時限の休憩時に、クラス全体が早弁を摂《と》るので、三時限の早弁は早弁とは言えなくなっている。

二時限目の早弁、さらには一時限で早弁を摂る者もいる。

朝食を省いてきた生徒には早弁の意味もあるが、さして腹もすいていないのに、早さを競うためだけに早弁を摂る者が多い。

その日、少年はクラス全体に倣《なら》って、三時限目に弁当箱を取り出した。

まだあまり空腹ではなく、本来の四時限後の昼食時間に食べたいのだが、一人だけクラスと異なった行動を取ると、クラス八分《はちぶ》に遭《あ》ってしまう。

なにげなく弁当箱を開いた少年は、ぎょっとした。

弁当の中身が消えていて、泥だらけの靴下が片方入れてあった。

少年の方をうかがっていたらしいクラス全体が、爆笑した。

一瞬、少年は全身の血液が凍りついたように感じた。

犯人はわかっている。番長が少年の弁当を平らげ、代わりに靴下を入れておいたのである。

クラス全体がそれを知っていて、少年が弁当箱を開くのを固唾《かたず》を呑《の》んで見守っていたのである。


「おまえ、今日からおれの便所当番をやれ」

番長が少年に命じた。

「便所当番？」

「おれの便所を掃除しろと言っているんだよ」

番長は生徒用トイレットの中の特定の朝顔便器を自分専用にしていて、他の生徒の使用を禁じている。

「でも、便所掃除は業者がやっているよ」

少年はようやく言い返した。

彼らの中学では便所の掃除を専門業者に委託している。

「業者の掃除はいいかげんだよ。おまえがやれ」

鶴の一声であった。

少年は屈辱に耐えて、番長の便器を掃除することになった。

掃除するだけではなかった。掃除が終わると、番長の子分が検分に来た。検分に合格するまで、何度でも掃除をやり直させられる。

子分の検分を通っても、番長がよしと言わなければ合格しない。

少年は家から洗剤を盗んで来て、番長の便器をぴかぴかに磨き立てた。

トイレットに入ると、番長の便器は一目でわかるようになった。

番長はそれを見て、満足そうにうなずいて、

「よし。舐《な》めるように綺麗《きれい》だな」

と言った。

番長に褒められたとおもった少年は、屈辱を忘れて嬉《うれ》しくなった。

少年の顔を見た番長は、

「それじゃあ、舐《な》めてみろ」

と言った。

少年は番長の言葉の意味を咄嗟《とっさ》に理解できなかった。

「舐めろと言ったんだよ」

番長が促した。

子分が少年の首根を押さえて、便器に押しつけるようにした。

少年は悔し涙を流しながら、便器に舌を触れた。

「いつもおまえの弁当を食わせてもらっているから、たまにはおれがご馳走《ちそう》してやろう」

珍しく番長が言った。

柄にもない彼の言葉の底に含まれているものが不気味である。

だが断れば、おれのせっかくの好意を受けられないのかと開き直られる。

「さあ、食え」

番長は一個の缶詰を取り出して、少年のデスクの上に置いた。

ラベルを見ると、ごく普通のコンビーフの缶詰であったので、なにを食わされるのかと怯《おび》えていた少年は、ほっとした。

番長は馴《な》れた手つきで缶を開いた。

少年はべつにコンビーフを食べたくはなかったが、せっかく番長が差し出してくれたので、口に入れた。

少し脂が強いとおもったが、それほどまずくはなかった。

「どうだ、うまいか」

番長が少年の顔を覗《のぞ》き込んだ。

「うまいよ」

少年は言った。

「それじゃあ、もっと食え」

番長は同じ形の缶詰をもう一個取り出した。その缶詰にはドッグフードのラベルが貼《は》ってあった。

少年と番長のやりとりを凝《じ》っと見守っていたらしいクラス全体が、爆笑の渦に叩《たた》き込まれた。

岳《たけ》の骨

1

空はよく晴れていた。山肌を埋《うず》めた雪がまぶしい。冬の硬い空を明確に切り抜いている稜線《スカイライン》に、時折白い炎のような雪煙が舞い上がる。あの高所では風が強いのであろう。空気は凜冽《りんれつ》として肌を突き刺すが、日溜《ひだ》まりにいると汗ばむほどである。絶好の登攀《とうはん》日和《びより》に見えた。

だが、この山域の気象に通じた者は、これが疑似好天であるのを見抜いている。日本海に低気圧や不連続線が現われ、季節風が一時的に弱まって生じた疑似好天である。

美しい穏やかな青空の衣装の下には、凶悪な季節風が隠れている。彼らは突如、化けの皮を現わして、凄《すさ》まじい風雪となって襲いかかってくる。疑似好天に誘い出された登山者こそ、彼らの絶好の獲物であった。

「この天気は長保《ながも》ちしねえずら。途中で天気が悪くなったら無理をせず、引き返しなせえよ」

小屋の管理人が不安げな視線を空に向けて言った。

「大丈夫です。天気が悪くなる前には頂上に着いていますよ」

若い登山者が闘志満々に答えた。

岩肌を朝の硬い光が薄赤く染めている。深く切れ落ちた谷間《たにあい》にはまだ暁闇《ぎょうあん》が澱《よど》んでいるが、峨々《がが》たる岩稜《がんりょう》に鋸歯《きょし》状に刻まれたスカイラインは、刻一刻光度を増している。

一見なんの危なげもない好天の下に、門戸を開放しているような山容の前で、手綱から放たれた悍馬《かんば》のように逸《はや》り立っている若者の足を制止することはできない。

「せいぜい気をつけて行ってらっしゃい」

管理人は送り出した若者の背を、不安げに樹林帯の奥に見えなくなるまで見送っていた。

尾根末端の取り付き地点からしばらくは、偃松《はいまつ》の海を漕《こ》がなければならない。ようやく岩稜に達するまでに体力をかなり消耗する。

偃松帯を漕ぎ抜けると、ナイフの歯のように痩《や》せた険しい岩稜がつづく。最大級の緊張を強いられる登攀ルートであるが、その終止符として進路はるか前方に、天に収束されたように聳《そび》え立つ尖峰《せんぽう》が手招きをしているように見える。

犇《ひし》めき立つ岩峰、群がり合い妍《けん》を競う連峰、荒々しい岩肌すら微笑《ほほえ》んでいるような、いま山は最もご機嫌麗しい表情を見せていた。

独標《どっぴょう》（独立標高点）と呼ばれる二千九百十二メートルの突起の手前までは、好天が持続していた。

そそり立つ岩塔は、今日の登山の最終目標のように、近づくほどに視野を圧してそそり立つ。

真の目標はその背後の険悪な尾根によって幾重にも守られている。

だが、若い登山者は、そこに達することになんの不安も抱いていなかった。

そして、天候が味方している限りは、彼は目標に到達できるはずであった。

悪魔の前触れの使者は突然やって来た。

濃紺の空に刷毛《はけ》で描いたような上層雲が通過した。彼はその悪魔の使者をなにげなく見送った。そして、あっという間に山は悪天の渦の中に叩《たた》き込まれていた。

強風に巻き上げられた雪煙がそのまま地吹雪となって、日本海の方角から押し出して来た雪堤に連なった。

少し前までの好天が嘘《うそ》のように、山は風雪の咆哮《ほうこう》の中に叩き込まれた。

登山者は、「天気が悪くなったら無理をせずに引き返せ」と出発時に忠告してくれた管理人の言葉をおもいだした。

だが、ここまで来て引き返すくらいなら、むしろ進んだ方が目的地に近いかもしれない。

登山者は、せっかく稼いだ高度を失いたくないという登山者共通の心理から、危険な淵《ふち》へ向かってさらに進みつづけた。

天国からいきなり地獄へ叩き落とされた登山者から、急速に体熱とエネルギーが失われていった。

それでも前進をやめなかったのは、もはや退いても出発点の小屋までたどり着ける自信がなかったからである。

いや、そんな思考判断力も、すでに朦朧《もうろう》となっていた。方向感覚が失われ、激流のような風雪の中を前へ前へと進んでいるだけである。それも本当に前進しているのかどうかわからない。彼にとって高い方角へ向かうことが前進であった。

独標の手前に偽独標と呼ばれるピークがある。形が独標に似ていて、登山者がまちがえるところから、「偽」と命名された。

ようやく偽独標を登ったところで、登山者の体力が尽きかけた。もはやこれ以上、進むも退くもならない。

彼はここでビバーク(露営)を決意した。

ビバークして余力の温存を図り、天候の回復を待つ。

それだけが百パーセント死の充満する地獄の中で生還の唯一のチャンスであった。

ビバーク地点《サイト》を物色した彼は、重大な忘れ物をしたことに気づいて、愕然《がくぜん》となった。

なんと出発基地の山小屋に寝袋を置き忘れて来てしまったのである。

寝袋なしに風雪の中でビバークはできない。彼は絶望した。

そのとき彼は絶好のビバークサイトの岩陰に風雪を避けている先客を見つけた。

先客に救いを求めようとした彼は、すでに先客がものを話しかけても答えられないような意識混濁の状態に陥っていることを知った。

唇までロウソクのように白くなって、身体《からだ》が硬直している。先客はすでに半分死にかけていた。

放っておいても確実に死ぬであろう。

だが、まだ自分は多少なりとも余力を残している。寝袋に潜り込み、この最悪の時期さえしのげれば生還できる見込みがあった。

このままいれば二人とも死ぬ。束の間《つかま》ためらった彼は、ほとんど意識のない先客を寝袋から引っぱり出した。

先客から奪った寝袋に、彼は躊躇《ちゅうちょ》なく潜り込んだ。

風雪の咆哮が先客の抗議のように聞こえた。だが、どうせ二人死ぬなら、一人が生き残るチャンスにかけるべきである。

独善的に判断した彼は、先客の抗議に耳を閉ざした。

長い夜が明けて、ようやく灰色の朝がきた。空には依然として雪が舞っていたが、風は少し弱まったようである。

岩陰で寝袋に包まれて過ごしたおかげで、体力はかなり回復している。

寝袋から抜け出した彼は、その本来の所有者である先客が、雪に埋もれて死んでいることを確かめた。

心がちくりと痛んだが、ほかに選択の余地はなかった。

いまは一命の犠牲を踏まえて拾った生命《いのち》を、なんとしても生還させなければならない。そうすることが先客の犠牲を無駄にしないことである。

登山者は自分に言い聞かせて、小康を得ている天候の下を前進した。

尾根末端にある山小屋では、登山者が出発して陽《ひ》の暮れ落ちるころ、管理人が登山者の重大な遺留品を発見した。

急変した天候に、登山者の身を案じていたときである。

管理人は愕然として顔色を失った。この悪天候の下、寝袋なしではビバークできない。だが、この風雪を衝《つ》いての行動は無理であろう。

山域全体が悪天の坩堝《るつぼ》に叩き込まれているいま、寝袋を持って登山者を追いかけることはできない。

管理人は登山者の安否を案じながら、翌朝を待った。

まだ完全に天候は回復しないまでも、なんとか行動可能な状況となった。

管理人は寝袋と食料、熱い飲物をつめたテルモスを持って、昨日出発した登山者のあとを追った。

寝袋なしで生きている見込みはほとんどなかったが、とにかく安否を確かめなければならない。

山は昨日からの風雪で完全に様相が変わっていた。

それでもおのれの庭のような尾根であるだけに、管理人は効率よくルートを登って、午前中に偽独標に達した。

偽独標を越えた岩の窪《くぼ》みに、彼は一人の見知らぬ登山者の死体を発見した。寝袋もなく、ビバークして凍死したらしい。二十代前半と見える若い登山者である。冬季この尾根を登る登山者で、寝袋を携行しないということは考えられない。恐るべき無謀と言わざるを得ない。

そのとき、管理人の胸に忌まわしい連想が走った。

（もしかして、あの登山者が……）

まさか。山男ともあろう者が、そのようなおぞましいことをするはずがない。

管理人は自らの連想を激しく打ち消した。

彼は、彼の小屋から出発した登山者の行方を追って、さらに尾根を進んだ。

午後、ようやく肩の山荘にたどり着いたが、そこには登山者の姿はなかった。

ビバーク地点を早朝出発して、すでに下山してしまったのかもしれない。

さすがこの山域の主のような管理人も、悪天候の下、雪崩《なだれ》と落石の危険のある長大な尾根を休みもとらず飛ばして来たので、肩の山荘へたどり着いたときはへとへとになっていて、登山者を追いかける余力は残されていなかった。

管理人は疑惑を胸に抱きながら、登山者の追跡を断念した。

2

棟居弘一良《むねすえこういちろう》は一枚の写真をつまみ上げたまま凝視した。

雪を戴《いただ》いた山を背景にして、棟居と見知らぬ登山者が一緒にポーズしている。数年前に撮影されたものらしい。

棟居は学生時代の一時期、取り憑《つ》かれたように山に登った。

あまり山に登りすぎて卒業単位が不足し、危うく留年しかけたほどである。

それも山岳部や登山団体には所属せず、一人で気ままに登った。

棟居は一時期、社会人の山岳団体に所属して、かなり過激な登山をしたが、山だけが人生の目的のような、山にいるときだけが本当に生きていて、街を下界と見下す登山至上主義が次第に鼻持ちならなくなってきた。

彼らが山と崇《あが》める場所も下界の延長にすぎず、街よりも標高が高いだけにすぎない。

社会の営みから完全に隔絶されたところで、山へ登れるはずもない。

登山費用も、彼らが下界と蔑《さげす》む社会から調達したものである。

ヒマラヤの遠征や極地の探険に際しては、スポンサーを探して寄金を募る。

下界が支えてくれなければ、山頂へ一歩も近づけない。

彼らの錯誤に満ちたエリート主義に嫌気がさして、山岳団体から離れた棟居は、一人気ままに山を歩くようになった。

可能性の限界は山以外の対象でも追求できるし、岩肌にハーケンを突き立て、さまざまな道具を用いて山を無理やりに足下にねじ伏せるような登山は、彼の意識に合わなくなった。

山のご機嫌麗しいときを狙《ねら》って登らせてもらう……そんな登山が好きになった。勢い単独行が多くなり、気ままに山に登って心行くまで山とつき合う。刑事になってからも忙中閑を盗んでそんな山登りに出かけて行く。

棟居がつまみ上げた一枚の写真は、背景の山容から推して、北アルプスの一隅であるらしい。

だが、棟居の記憶から、その写真そのものがざっくりと剝落《はくらく》している。いつ、どこで、だれが撮影したのか、一緒に写っている若い登山者はだれか。それらの記憶が一切ないのである。

印画紙には撮影月日も写し込まれていない。

棟居は久し振りの休日に、古い写真を整理していた。

日々の忙しさにかまけて、写真を未整理のまま放置しておくと、収拾がつかなくなってしまう。

自分で撮影したり、あるいは他人《ひと》からもらったりした写真が未整理のまま蓄積され、やがては散逸してしまう。

せっかくの自分の人生の記録が散乱したり、散逸したりしてしまうのはもったいないことである。

それがわかっていながら、なかなか写真の整理に手がつけられない。棟居は写真を未整理のまま放置しておくことに、なにか過去をいいかげんにしておくような後ろめたさをおぼえていた。

とにかく溜《た》まりに溜まった写真をアルバムに貼《は》り留めておくだけで、その散逸を防げる。

ようやく得た一日の休日を写真の整理に割り当てた棟居は、いつ、どこでまぎれ込んでいたのか、数年前の古い写真を未整理の写真の中からつまみ上げたのである。いくら放置していたとしても、数年前の写真は古すぎる。そんな古い写真が失われもせず、よく生き長らえていたものである。

棟居は知っている限りの山仲間や、山で出会った人たちの面影を、記憶の中に探した。だが、おもいだせない。

二十歳を越えたか越えないくらいの若者で、山の陽にたくましく焦《や》けている。精悍《せいかん》な風貌《ふうぼう》、手にしているピッケルや装備を見ても、かなり山に年季を入れていることがわかる。

山行の途上、出会って言葉を交わし、写真を撮ったのであろう。

相手のカメラで撮影したものであれば、山行後、送られてきたものである。それならば、棟居の記憶になんらかの過去の爪痕《つめあと》が残っているはずであるが、まったくない。

おそらく棟居のカメラを三脚に据えてセルフタイマーで撮影したものであろう。いったんはアルバムに貼り留めたものがこぼれ落ちたのか、あるいはくず写真の間にまぎれ込んで今日まで放置されていたのであろうか。

人は一生の間にどのくらいの人と出会うものであろうか。それは人それぞれの生活環境や住所、職業、性格等によって変わるであろう。

袖《そで》振り合うも多生の縁と言うが、街角や路上ですれちがった人たちは出会いとは言えまい。彼らは通り過ぎて行った人たちである。

人との出会いにおいても、さりげない淡白な出会いや、自分の運命に関《かか》わるような濃厚な出会いもある。

また人生の各ステージにおいて、出会いの性質も異なってくる。

親子、きょうだい、筒井筒《つついづつ》の遊び仲間（幼馴染《おさななじみ》）、学友、趣味の仲間、恋人、取引きの相手、上司、同僚、部下、ライバル、隣人、老後の茶飲み友達など、一生の間に夥《おびただ》しい人々と出会い、そして別れる。

社会に生活する以上は、人は人との出会いを拒否できない。

技術文明の発達とマスコミの普及によって全国都会化が進んでいる今日、人が相互に関わり合う機会は増える一方である。

人は一生の過程で出会った人間を、すべて記憶することは無理である。

だが、棟居は自分の半生にとって重要な位置を占めている山で出会った旅人に、なんの記憶も止どめていないことに自分の人生の一片が欠落してしまったような頼りなさをおぼえた。

3

建設機械は自然の天敵である。ブルドーザーを先頭に、パワーシャベル、掘削機械、コンベア、ケーブルクレーン、ダンプカーなどが大挙して侵入して来ると、山は速やかに形を変え、豊かな自然はみるみるうちに人工ののっぺらぼうな表情に整形されてしまう。

どんなささやかな自然も、それが形成されるまでに五千年はかかると言われる神の造形が、建設機械によって蹂躙《じゅうりん》され、似ても似つかぬ機械文明の墓場に化学変化させられるまでにせいぜい数ヵ月である。

林相も豊かな深山の谷間に、自然の天敵たちが侵《はい》り込んで来て、緑の林道はたちまち暗い隧道《トンネル》の下に閉じ込められ、昼なお暗い森林は死の色を溶いたような青白色の人造湖の下に沈んだ。

そこに棲《す》んでいた夥しい野生動物たちは、すみかを失った。

人工の破壊から免れた山麓《さんろく》の森林が、瑞々《みずみず》しい緑の衣装《コスチューム》をまとい、高い山の頂稜に残雪が象嵌《ぞうがん》されている六月下旬、発電用調整池の拡張工事のために山裾《やますそ》を削っていたブルドーザーが、排土板の先に押し上げた土の中から異形《いぎょう》の物体を吐き出した。

それは一見、土器の破片か、折れた枝のようであったが、土に塗《まみ》れた形状がブルドーザーのオペレーターの目にグロテスクに映った。

「なにか出てきたぞ」

オペレーターはブルの進行を止めると、周囲にいた仲間に呼びかけた。

「なんだ。宝でも出てきたか」

「考古学の遺物かもしれないよ」

「こんな山の中に遺跡があるのかい」

作業員が集まって来た。

オペレーターも運転台から降りて来て、排土板が押し上げた土の中を覗《のぞ》き込んだ。

「おい、これは骨じゃないか」

作業員の一人が言い出したので、一同の顔色が変わった。

工事責任者の現場監督が呼ばれて来た。

一同が手作業で土の中から異物を掘り出してみると、損壊されていたが、たしかに骨片のようである。

「猪《いのしし》か野犬の骨じゃないのか」

「ならばいいが、こんな骨が猪や犬にあるかな」

現場監督が足の骨のような異物の断片を眺めて、首をかしげた。

猪や犬の足にしては長すぎるようである。

「もっと掘ってみろ。まだあるかもしれない」

現場監督が言った。

ブルドーザーが掘削した位置を中心にして、一同が手分けして掘り探った。

突然、作業員の一人が悲鳴をあげた。

「あっ、あれ、あれ」

彼は土の間から覗いているグロテスクな物体を指さして、言葉をつまらせた。

「なんだ、なにがあったんだ」

同僚たちは彼の指さす方角に視線を集めて、ぎょっとなった。

黒い土に塗られた球形の鉢か碗《わん》のような薄汚れた物体の頭頂寄りに二つの洞《うろ》が穿《うが》たれ、土がつまっている。

その穴の中間下方に垂直の細長い洞が穿たれ、土で埋まっている。

人間の頭蓋骨《ずがいこつ》であった。

口から顎《あご》の部分にかけては土の下に隠れているので、作業員が知識として知っている頭蓋骨の全容は現われていないが、土の下から頭半分を出した髑髏《どくろ》が、彼らを黒い目で凝《じ》っと睨《にら》んでいるように見えた。

「これ以上いじるな。警察に任せよう」

現場監督が判断した。

長野県大町《おおまち》市域高瀬《たかせ》湖畔の工事現場から、人間の白骨が発見されたという通報を受けた長野県警大町署から熊耳《くまがみ》警部補以下、同署の山岳警備隊員が臨場して来た。

山岳警備隊は北アルプス南北遭難対策協議会と併設されている。北部警備隊は大町署に設けられ、大町市域以北の長野県中部山岳地帯を管轄して、遭難者の救助や警備に当たっている。

管轄山域から白骨死体の発見という通報に、大町署では行方不明の遭難者の死体が発見された場合を考え、山岳警備隊に出動を命じた。

現場は大町市西郊、烏帽子《えぼし》岳山麓にある葛《くず》温泉の西約一キロ、バスの終点七倉《ななくら》と三俣《みつまた》蓮華《れんげ》岳に至る伊藤新道の起点、湯俣《ゆまた》温泉とのほぼ中間地点に当たる人工湖高瀬湖畔ワサビ沢付近の工事現場である。

臨場した熊耳以下警備隊員は、手分けして頭蓋骨が発見された地点を中心にして、慎重に土の中を探った。

発見された頭蓋骨から判断すると、軟部組織はほぼ消失していてかなり古い。

現場は墜落死するような山ではない。

冬季凍死したとしても、土中に埋もれることはあり得ない。

古い骨といっても、考古学的な遺物でないことは明らかである。

土中を探りながら、熊耳はしきりに事件のにおいを嗅《か》いだ。

「やあ、これはなんの骨だ」

警備隊員の会田《あいだ》が、奇声を発した。

これもなにかの動物の頭骨のようである。

「それは首輪じゃないか」

熊耳は頭骨に引っかかっていた腐ってぼろぼろになった革の断片のようなものに目を向けた。

「これが首輪だとすると、犬ですね」

「人間と犬の骨が一緒に埋められていた……」

熊耳はその意味を探るように宙を睨んだ。

警備隊員の捜索によって、骨片が土中から次々に発見された。

現場は調整池の工事でもなければ、決して掘り返されることのなかった林道から逸《そ》れた樹林帯の中である。

発掘した骨を揃《そろ》えてみると、指先の骨やくず骨の切片は失われていたが、それぞれ一体分と推定される人間と犬の骨格が発見された。

骨格を復元して、全体の骨が揃っているかどうか見極めるのは警察官には無理である。

人間の頭蓋骨には鈍体が作用したような陥没が認められた。

林道から外れた山中に埋められていた人間の頭蓋骨に、明らかに凶器が振るわれた痕《こん》跡《せき》が残されている。

警備隊員は緊張した。

犬の骨格は頸骨《けいこつ》が折れていた。鈍器がこの部位に作用したらしい。

熊耳はその方面の専門家ではないが、骨の太さや骨盤のサイズから、骨の主は男のような気がした。

犬を連れた登山者はほとんどいない。とすると、骨の主は地元の人間か、営林署関係か、工事人の可能性が大きくなる。

人体の骨格から犬のそれの方へ視線を移した熊耳は、歯の間に欠けた歯の一部のように絡まっている異物を発見した。

指を伸ばして歯の間からつまみ出してみると、泥まみれになっているが、歯ではなさそうである。

指で泥を拭《ぬぐ》い落とすと、ピッケルを象《かたど》ったバッジのようである。

「なにかありましたか」

会田が熊耳の指先を覗き込んだ。

「こんなものが犬の歯の間に挟まっていたよ」

「ほとんど錆《さ》びていませんね」

「素材は銀じゃないかな。犬が殺される前に嚙《か》みちぎったんだな」

二人は顔を見合わせた。胸の内におもわくが膨張している。

白骨の主を守ろうとした忠犬が、犯人から嚙みちぎったものであろう。

とすると、このピッケルを象ったバッジは、犯人の遺留品ということになる。骨は信州大学の人類学の専門家の鑑定に委《ゆだ》ねることになった。

検視の第一所見では、骨の古さは三年ないし五年ということである。

過去三年から五年の間に、白骨発見現場周辺に発生した事件が調べられた。

そして、五年前の八月十日、三俣蓮華山荘の管理人島岡太一《しまおかたいち》、当時四十八歳が、同山荘および同じ経営による雲ノ平《くものたいら》山荘、湯俣山荘の売上金一千万円を大町市の銀行に運ぶ途上、失踪《しっそう》したという事件が浮上した。

三俣蓮華山荘と雲ノ平山荘、湯俣山荘では、毎夏、売上金を一週間から十日に一度の割りで大町市の銀行に運んでいた。

島岡太一は同山荘の経営者伊藤正吉《いとうしょうきち》から、三俣蓮華山荘の管理を委任されて、十年間、管理人を務めていた。

正直で面倒見がよく、登山者にも人気があった。

三俣蓮華山荘は北アルプスの中でも最奥地に位置している。北アルプスのほとんどすべての山小屋が一日圏（山麓から一日で到達できる）になったにもかかわらず、最後まで二日圏であったのを、島岡は経営者の伊藤と協力して十年がかりで伊藤新道を開いた功績者でもある。

この新道の開通のおかげで、アルプス最奥の三俣蓮華山荘も一日圏に仲間入りしたのである。

伊藤にとっては女房役のような管理人であった。

それが十日午後、大町市の銀行に到着予定時間になっても姿を現わさないのに不審を抱いた銀行から、山荘に問い合わせがあって、騒ぎになった。

4

同山荘では、まず島岡がなにかの事故に遭《あ》ったのではないかと考えた。

事故があったとすれば、三俣蓮華山荘から湯俣山荘までの間が断崖絶壁を縫う険しい道で、確率が高い。

だが、新道の開発者の一人であり、この山域には自分の掌《てのひら》のごとく精通している彼が、そんなところで事故を起こすとは考えられない。

次に考えられる可能性は、大金を運ぶ島岡を狙《ねら》った犯行である。

これまで十年間、毎夏、島岡が銀行に金を運んでいるが、事故は起きたことはない。山にそんな悪心を持った人間が入り込むはずはないと信じ込んでいる。

だが、夏の北アルプスの山小屋は全国から登山者が集中して、金も集まる。

山男（女）善人説を盲信して、運搬途上の警備は薄いというよりはほとんどない。毎回、山荘の飼い犬ショパンを連れただけで、島岡一人で金を運ぶ。悪心を持った者には、まさに狙い目であろう。

三番目の可能性としては、島岡本人が悪心を起こして売上金を拐帯した場合である。

警察は第三の場合を疑った。

「島岡に限って、そんなことをするはずがない。強盗に襲われて殺され、死体をどこかに隠されてしまったにちがいない」

伊藤は島岡を弁護した。

警察と山荘関係者が八方手を尽くしての捜索にもかかわらず、その日以後、島岡とシヨパンは杳《よう》として消息を絶ってしまった。

島岡には失踪時、十五歳の息子泰《やすし》がいた。

十年前、妻が病死してから、男手一つで息子を育てていた。

夏のシーズンに島岡が山に登ると、夏休みの間、泰も島岡に従《つ》いて来て、山荘で働いた。

島岡が失踪後、泰は周囲の白い目に耐えて生きた。

島岡の自宅は大町市にあったが、そこも警察の厳しい監視下に置かれた。だが、島岡の気配はまったくなかった。

泰はその後、高校を卒業して、伊藤の経営する湯俣山荘の管理人をしていた。

伊藤は島岡の無実を信じて、泰にその一翼の山荘の経営を任せたのである。

泰は父が大町に売上金を運ぶとき、なぜ自分が同行しなかったかと悔やんだ。

自分が従いていれば、たとえ強盗に襲われても、父を守れたかもしれない。

父が不名誉な疑いをかけられたのも、自分が従いていなかったせいだと、激しく自分を責めていた。

人体と犬の白骨死骸《しがい》の発見は、五年前失踪した島岡とショパンの可能性が大きい。

だが、島岡が売上金を入れて背負っていたリュックサックは、白骨と共に発見されなかった。

白骨は信州大学法医学教室において組み立てられ、骨格が復元された。

その結果、手骨の先端やくず骨がいくつか欠落しているだけで、頭蓋骨、五十四本の手骨、二十四本の肋骨《ろっこつ》、上下二十五本以上の脊椎《せきつい》骨、骨盤、五十二本の足骨など、骨格がほぼ復元された。

同時に人骨と区分された犬の骨格も復元された。

まず骨盤や頭骨の形態から、骨の主は男、歯冠の咬耗《こうもう》、頭蓋骨の縫合、四肢骨の骨端線などから、四十代後半から五十代前半と鑑定された。

鑑定結果は、失踪時四十八歳の島岡の年齢と符合している。

さらに歯列が、島岡が生前治療を受けていた大町市の歯科医に残されていた彼の歯の記録《デジタルチャート》と完全に一致した。

また犬の頭骨に付いていた首輪は、ショパンが失踪時付けていた首輪と確定した。

ここに白骨の主の身許《みもと》は判明したのである。

女の手錠

1

北アルプス山中で発見された白骨死体は報道された。

棟居《むねすえ》はその報道記事を新聞で読んだ。

彼は新聞に掲載されていた写真に、愕然《がくぜん》として目を見張った。

彼はその写真の風景に記憶があった。写真としての記憶と、曾遊《そうゆう》の地の実景が重なりあっている二重の記憶である。

棟居はアルバムの一冊を引き出すと、あるページに貼《は》りつけた写真と報道された写真を見比べた。

「これだ」

棟居はおもわず叫んだ。

彼が数年前、いつ、だれと、どこで撮ったか忘れていた写真の背景と、報道された写真の風景が一致している。

「ここだったのか」

報道写真によって、埋もれていた記憶が再生された。彼が見知らぬ登山者と一緒に撮影した地点《ポジション》が、白骨死体が発見された現場とほぼ一致している。

数年前、葛《くず》温泉から長い林道を高瀬川に沿ってさかのぼり、湯俣《ゆまた》温泉から伊藤新道を経由して三俣蓮華《みつまたれんげ》岳へ登ったことがある。その途上で、一人の若い登山者とすれちがった。

どんなきっかけでツーショットにおさまったのか忘れてしまったが、撮影ポジションははっきりとおもいだした。

撮影時期も白骨の主が失踪した時期の少し前である。

偶然ではあるが、因縁のようなものを感じた。

棟居はそのことを本宮桐子《もとみやきりこ》に告げた。

棟居は久し振りに彼女に会ったときの話題の一つとして、なにげなく話したのであるが、彼女は強い興味を示した。

「私、以前から伊藤新道を通って、三俣蓮華岳に登りたいとおもっていたの。休暇が取れたら、連れて行ってくださらない」

桐子はせがんだ。

彼女とはまた山へ一緒に行こうと約束しながら、まだそれを果たしていない。

三俣蓮華となると、少なくとも三日間の休暇が必要である。捜査一課の刑事が事件の合間を縫って三日の休暇を取るのは、至難の業であった。

「休暇を取ろうとおもうからいけないのよ。お仕事とおもったらどう」

　桐子がいたずらっぽい笑みを含んで、棟居の顔を覗《のぞ》いた。

「仕事とおもう……？」

　棟居は桐子がかけた謎《なぞ》を咄嗟《とっさ》に解けなかった。

「仮にの話よ。あなたが山で一緒に写真を撮ったこの登山者が、五年前の山小屋売上金強盗殺人事件と関わりがあると考えたらどうかしら」

「なんだって」

　棟居は桐子の突飛な発想に目を見開いた。

「強盗殺人事件の現場の近くに、捜査一課の刑事が行き合わせたのよ。現場検証に行ってもいいんじゃないの」

「さすがは桐子だ。凄《すご》いことを考えるね」

　棟居は感嘆した。

「ちっとも凄くなんかないわよ。管轄ちがいかもしれないけれど、犯行時期と犯行現場に接近して通りかかったのよ。現場を再確認しておいてもいいんじゃないの」

「そうだね」

　棟居は乗り気になった。

「仕事となるとすぐそうなんだから、本当に仕事の鬼なのね」

「いや、きみと山へ行く口実になるかもしれないとおもったんだよ」

「私を口実にしているんじゃないの」

「そんなことはないさ」

棟居の口調が少しうろたえた。

「どちらでもいいの。あなたと一緒に山に登れれば、とても幸せだわ」

2

長野県大町市域の高瀬湖畔から発見された白骨遺体の身許が割れて間もなく、いまをときめく新進女優の氏名千尋《うじなちひろ》の婚約が報道された。

氏名千尋はある大手民放テレビの開局二十五周年記念の大型連続ドラマのヒロインとして、全国から集まった一万人を超える応募者の中から選ばれたシンデレラガールである。

デビュー後、その都会的な美貌《びぼう》と、繊細な感性に裏打ちされた演技力で、たちまちトップスターの座に駆け上った。美しいのどを持ち「歌えるスター」としていまや年収数億を誇る芸能界の稼ぎ頭である。

婚約のパートナーは二十七歳の、収入不定のフリーターということである。

二人のアンバランスな組み合わせも話題を集めた。

二人はロケ先の山小屋で知り合い、密《ひそ》かに親交を深めていたという。

いまをときめく人気ナンバーワン女優の婚約とあって、芸能マスコミは派手に報道した。

テレビは二人の記者会見の模様を放映した。

それが偶然にも棟居の目に触れた。

在庁番で事件もなく、嵐《あらし》の切れ間の束《つか》の間《ま》の平穏であった。

刑事が手持ち無沙汰《ぶさた》に午後のテレビを見ている構図は、テレビ画面のカップル同様、奇妙にアンバランスであった。

しかし、刑事部屋のアンバランスな構図が世間の平和を示している。

「おや、これは……」

棟居がブラウン管に視線を固定すると、

「いまをときめく新進女優、氏名千尋ですよ。頭の上に星がきらきら輝いているでしょう」

那須《なす》班の最若手下田《しもだ》が言った。

「氏名千尋ぐらい、おれでも知っているよ。この婚約のパートナーに見おぼえがあるんだ」

「なんだ、棟居さんの知り合いですか。この逆玉ボーイが」

下田が驚いたように言った。

テレビ画面では記者団の質問に、パートナーが晴れがましげに上気したような表情で馴《な》れ初《そ》めのきっかけから交際の模様、将来の展望などを語っている。

「フリーターの収入は不定ということですが、氏名さんとの収入の間にどのくらいの差

があります か」

「最も稼いだときで百分の一、全然無収入のときは天文学的な倍率になります」

「すると、結婚されても当分の間は氏名さんに寄りかかることになりますね」

「世間ではそういう存在をヒモと呼んでいるそうですが、私はヒモはヒモでも、二人を愛で結ぶ太いヒモになりたいとおもいます」

パートナーが記者団の質問に当意即妙に答えて笑わせている。

その男こそ、棟居が高瀬湖のほとりで一緒に撮影した行きずりの登山者であった。

彼の名前は中谷雄太《なかたにゆうた》、二十七歳、登山家で、ビルのガラス拭《ふ》き、スキーコーチなどのアルバイトをしながら、金を貯《た》めては山に登っているということである。

棟居は行きずりの登山者との意外な邂逅《かいこう》に驚いていた。

島岡太一《しまおかたいち》の死体が発見されたのと前後して、中谷の婚約が発表されたのも因縁めいたものを感じさせた。

あれから五年たっているが、棟居とのツーショットに定着された顔とあまり変わっていない。

あのときより表情が少し穏やかになったように感じられる。それも氏名千尋のハートを射止めた男の余裕かもしれない。

棟居は中谷の晴れがましげな表情を見ているとき、彼が下界にいる間は、ビルのガラス拭きやスキーコーチをしながら登山費用を貯めていると答えた言葉と、三俣蓮華山荘を重ね合わせた。

中谷と出会ったのも、伊藤新道の起点近くであった。

もしかしたら、中谷は三俣蓮華山荘でも働いていたかもしれない。

登山費用を稼ぐためのアルバイト先としては、山小屋などは最も恰好《かっこう》である。

「太いヒモになりたいか。さすが氏名千尋のハートを射止めただけあって、うまいことを言いやがるなあ」

下田が感心したように言った。

「きみもその気になれば、氏名千尋クラスの女を射止めることができるよ」

棟居が言うと、

「冷やかさないでくださいよ。刑事にはそんな甲斐性《かいしょう》はありません。仮に女を射止めたとしても、刑事はヒモではなく、女を縛《しば》る手錠になってしまうかもしれません。手錠どころか、犯人ばかり追いかけていたのでは、女性の心を射る暇もありませんよ」

下田に言い返されて、棟居の瞼《まぶた》に桐子のおもかげが揺れた。

自分は桐子を縛る手錠になっているのであろうか。

桐子の好意はわかってはいても、それを受け入れることはできない。それでいながら、桐子と時どき会っている棟居の優柔不断が、彼女を縛っているのではないのか。

中谷が女にぶら下がるヒモであれば、棟居は女を縛る手錠であるかもしれない。

下田のなにげない言葉に、棟居は早晩、桐子との関係に決着をつけなければならないことを感じた。

死ぬための山

1

高原諒子《たかはらりょうこ》は兄の恭平《きょうへい》の死因について、中谷雄太《なかたにゆうた》を疑っていた。

恭平と中谷は山仲間であった。大学山岳部を手ぬるいとして、先鋭な社会人山岳団体に所属して、二人でザイルを結んでかずかずの難コースを登攀《とうはん》していた。

恭平が遭難したのは二十二歳の冬、剣《つるぎ》岳の早月《はやつき》尾根を目指したときである。

これまでにもベテランのアルピニストが何人も遭難している。

この尾根は剣岳頂上から早月川に派生している長大な尾根で、剣岳主稜の中で最も長い。

高度差約二千二百メートル、積雪期、剣岳への最短登山路として利用価値が高いが、いったん悪天候に見舞われると西高東低の気圧配置の急傾斜を中国、シベリア大陸方面からなんの緩衝《かんしょう》もなく駆け下った寒気団が、北アルプス北部の山脈に直接衝突して、猛吹雪となる。

これを起点の馬場島《ばんばじま》を年末に発し、元日に剣岳頂上へ立とうとする計画であった。だが、彼らが早月尾根に取りついてから、山は猛烈な悪天候に巻き込まれた。

日本海と太平洋沿岸を挟む形で発達しながら東へ進んだ二つ玉低気圧は、北アルプス全域を凄《すさ》まじい風雪の渦に叩《たた》き込んだ。

悪天候を衝いて登りつづけた二人は、尾根上部の険しい岩稜で、出発時から体調が悪かった高原恭平が動けなくなり、中谷一人が辛うじて脱出した。

剣岳頂上を越えた中谷は剣山荘に救援を求めたが、風雪は二日の朝までおさまらず、救援隊が現地に到着したときは、恭平は凍死していた。

中谷は、

「恭平と一緒に死のうとおもった。しかし、恭平が『二人一緒に死んでもなんの意味もない。おまえはまだ余力がある。余力を尽くして脱出を図れ。そうすればおれも生還のチャンスがある。おまえが救援隊を連れて来るまで、おれは死なない』と言って、おれを行かせた」

と言った。

中谷の判断は正しかったであろう。また兄ならば、必ず中谷にそのように言ったであろう。

それでいながら、諒子は中谷に対する一抹《いちまつ》の疑惑をぬぐい去れなかった。たとえどんなに兄から行けと言われても、中谷は留まるべきではなかったのか。たとえ生還のチャンスがゼロになっても、中谷は友情に殉ずべきではなかったのか。余力を振るって救援を求めに行っても、瀕死《ひんし》の兄がそれまで生きている可能性はゼロに近い。

置き去りにすれば死ぬとわかっている恭平を見捨てて、中谷は自分一人だけ助かった。恭平の墓を遭難コースの起点に築いたとき、中谷は肩を震わせて泣いた。

だが、彼の友を失った悲嘆に打ちのめされている姿を見るほどに、諒子は演技を感じた。

それにつけてもおもいだされるのは、昭和二十四年一月六日、北アルプス槍《やり》ヶ岳北鎌《きたかま》尾根において体力尽きた友を見捨てるに忍びず、余力を残しながら友情に殉じた松濤《まつなみ》明《あきら》の壮烈な最期である。

「何とか湯俣《ゆまた》温泉までと思うも、有元を捨てるにしのびず、死を決す。最後までたたかうも命、友の辺に捨つるも命、共にいく」

自分の死の瞬間まで冷徹に見つめ、友に殉じた松濤の凄絶《せいぜつ》な死は、世人に感動をあたえた。

「最後までたたかうも命、友の辺に捨つるも命、共にいく」

の遺言は潔い。

中谷は力の限り戦って生き残ったのであろうが、彼が力の限り戦ったのは兄を救うためではなく、自分（一人）が生き残るためではなかったのか。

仮に立場が逆であったとしたら、兄は必ず中谷に殉じたはずである。

諒子は兄が危険思想の持ち主であったとおもっている。

恭平は口癖のように、生まれるのが遅かったと言っていた。兄は戦争に間に合わなかったことを歯ぎしりするばかりに悔しがっていた。

「のびたうどんのような平和の世の中に、男に生まれてきたのは大きな不幸だ。以前は男は二十歳で祖国を守るために死ぬことが義務づけられていた。

それが二十二歳になって、戦う対象もなく、脅かす敵もなく、命をかける目的もなく、ぬるま湯に浸《つか》ったように生きている。おれはもう一年生きすぎているのだ」

と兄は言った。二十二歳で生きすぎたと言うのである。

戦いほど若い男の血をかき立て、沸騰させるものはない。

戦国時代ならば槍《やり》一筋の働きで、一国一城を斬《き》り取るジャパンドリームが可能な時代であった。

近代においては軍人になることが、氏素性に関わりなく若者が出世する最も手っ取り早いコースであった。

若者の意思に関わりなく、戦争は大量の若者の生命を求める。戦場ほど若者が生きる（生き残る）ために全能力を求められる場所はない。

戦いが武士の白兵戦によって行なわれた江戸期以前に対して、明治以後の近代戦争においては、一般市民が徴兵の網に掬《すく》い取られて否応《いやおう》なく戦場へ投入される。

近代戦争で個人が一国一城を斬《き》り取ることは不可能になったが、人間社会に戦争ある限り、軍人が幅をきかすことに変わりはない。

意思に反して戦場に駆り出された若者であっても、相手を殺さなければ自分が殺されるという戦場では、否応なく全能力を振り絞ることになる。

全能力を出し切れなかった者、あるいは出し切っても敵に及ばなかった者は、死者の列に並ばなければならない。

戦争の目的はただ一つ、敵に勝つことである。戦場で出会った彼我全員に明確にあたえられた共通の目標である。

甘ったるい平和と飽食の過保護づけで腰が抜け、目的を見失うようなことはない。

平和ぼけして、のびたうどんのようにだらだらと生きているのか死んでいるのかわからないような植物的生存が、高齢化社会に引き延ばされていくような時代とちがって、戦時下の若者は死の確率の方が極めて高い生死の選択しか許されない。

毎日生きているのが奇跡のような生、二十歳で死ぬことを義務づけられた若者は、二十歳を越えたときから一日刻みに奇跡を更新しているのである。

戦場で若者は夢や情熱がどんなに贅沢《ぜいたく》なものであるかを悟った。

夢とは、将来が許された者にあたえられるものである。明日が約束されていない者になんの夢があるか。

夢を実現するために、情熱を燃やす暇もない。今日を生き残ることに精一杯の若者は、将来に夢をかけることができない。

若い生命は刹那《せつな》の人生に緊張の極みに置かれ、一寸の弛《たる》みもない。

恭平はそういう戦時下の若者に憧《あこが》れた。

生命の安全を保障された過保護の世界から、明日なき若者たちの緊張の極限に置かれたその日暮らしに、生命の充実を覚えていたのである。

「もしおれがあの戦争に出会っていたなら、一番に特攻機に乗って敵艦に突っ込んでいただろう。飯食って、糞《くそ》して、ただ寿命を引き延ばしているような人生に比べて、なんと凝縮された生き方か。おれはああいう生き方をしたかった」

と恭平は諒子に語ったことがある。

「お兄さんは幸福すぎるのよ。幸福と自由の洪水の中で、溺《おぼ》れちゃってるんだわ。だから、そんなことが言えるのよ。将来の無限の可能性と夢を、強制的に摘み取られてしまった特攻隊員がお兄さんのそんな言葉を聞いたら、きっと怒るわよ」

諒子は言い返した。

「生き残った特攻隊員たちが本当に夢を生きているか。戦友に死に後れた、死に損なったという後ろめたさを抱えて生きている者が多い。生きているとしても、その後の彼らの人生は余生なんだ。彼らの本当の人生は、終戦と同時に終わってしまったんだよ。女のおまえには、おれの気持ちなんかわかるはずがない」

恭平は見下すように言った。

兄に言わせると、ほかにすることがなにもないので、とりあえず山に登っているということであった。

「山がそこにあるから登る」という名言があるが、恭平の場合は、とりあえず山以外に時間潰《つぶ》しがないので登っているということであった。

勢い恭平の登山は先鋭的になった。

大学山岳部は子供の遊びだと言って馬鹿にして、ロッククライミングを主体とする社会人の山岳会に入った。

そのグループは国内だけではなく、ヒマラヤやヨーロッパアルプスにも初登頂や、難コースの開拓をしている。国際的に先鋭をもって聞こえていた。

その山岳会の中で、恭平と中谷は若手中核戦力となっていた。

山に情熱を燃やしているのではなく、生きすぎた時間をとりあえず埋めるために登っているような兄が、諒子には死ぬために登っているように見えた。

いつかこんなことになるような予感がしていた。

兄は生き急いでいたというよりは、死に急いでいたようである。

そんな兄を、たとえ置き去りにしたとしても、中谷は責められるべきではあるまい。

それでいながら、諒子には立場が逆であったなら、というおもいを捨てきることができない。

中谷は諒子に好意を寄せていた。彼女も中谷の好意がわかった。そのまま行けば、二人の間柄はスムーズに発展していったにちがいない。

そこに降って湧《わ》いたように、恭平が遭難死した。それ以後、なんとなく中谷との間柄が気まずくなった。

疎遠になった中谷と入れ替わるように、三村明弘《みむらあきひろ》が現われた。

三村は恭平が遭難した山行に参加する予定であった。それが出発直前に、父親が交通事故に遭って、行けなくなってしまった。

幸い、父親は生命に別状なかったが、三村は恭平の遭難に責任を感じているようであった。

「もしぼくが同行していれば、遭難は防げたかもしれない。申し訳ありませんでした」

三村は恭平の両親と諒子に詫《わ》びた。

三村も同じ山岳団体に所属していて、中谷に次ぐ恭平のザイルパートナーであった。

三村も遠方から諒子に好意の目を寄せていたが、いつも中谷の陰に隠れるようにしていた。

それが中谷が遠ざかって、にわかに三村の存在が諒子の視野の中にクローズアップされてきたように感じられた。

兄の遭難から四年経過していたが、三村とは好ましい感情を抱きながらも、それ以上に進展しないままつき合っている。

三村が肉薄してこないこともあったが、依然として諒子の心の一隅に、中谷に対する未練の尾が残っていたのかもしれない。

中谷とはべつになんの約束を交わしたわけでもない。

だが、暗黙のうちに、ある種の了解が二人の間に成立していた。

恭平も諒子と中谷の間を応援してくれた。

そして四年後、中谷と氏名千尋の婚約発表を聞いたのである。

さすがに諒子の胸は揺れ騒いだ。

マスコミは収入百対一のアンバランス結婚、愛情の太い紐《ひも》でぶら下がるシンデレラボーイなどと面白おかしく書き立て、中谷の晴れがましげな顔がクローズアップされている。

諒子には氏名千尋と嬉《うれ》しそうに寄り添っている中谷が、兄の死骸を踏まえているように映った。

「あんな不実な野郎だとはおもわなかった。諒子さんのことをどうおもっているんだろう」

三村が憤慨した。

「中谷さんとはなんでもなかったのよ。彼がだれと婚約しようと結婚しようと、彼の自由だわ」

三村の言葉に同意することは、中谷との間柄を認めることでもある。

「女優にぶら下がって山へ行くつもりなんだろうか」

「氏名千尋ならば、海外遠征の資金をいくらでも出してくれるでしょう」

「山男の面汚しだ」

「そんな言い方はなさらないで。兄の山仲間よ」

「あんなやつとザイルを結んだのが恥ずかしいよ」

三村は中谷が諒子から氏名千尋へ乗り換えたために、自分の出番が来たのにもかかわらず、中谷をなじった。

中谷が氏名千尋と婚約したことをなんら咎《とが》める筋合いはないが、その事実によって、かねて諒子が中谷にかけていた、兄を置き去りにしたのではないかという疑惑が、彼女の胸の内に確定した。

2

高瀬湖畔から発見された白骨死体の素性が割れて、大町署で捜査を始めた。

熊耳《くまがみ》と会田は山岳警備隊から山荘管理人強盗殺人事件の専従捜査員に任命された。

死体発見現場がさらに入念に捜索されたが、売上金は発見されなかった。それを入れたリュックと共に消失していた。

なにぶん五年前に発生した事件である。

事件発生日は夏山シーズンの最中であったから、目撃者がいたかもしれない。

ダム工事の作業員や関係車両が現場付近にかなり入り込んでいる。それは同時に、犯人が登山者や作業員にまぎれての逃走を助ける状況であった。

だが、五年前では、いまさら聞き込みの網を広げても追いつかない。

事件発生当時、大金を持ったまま消息を絶った島岡太一の行方を、大町署と山荘関係者で捜索したが、めぼしい情報はなにも引っかからなかったのである。

犯人の遺留品とおぼしきものは、ショパンがくわえ取ったピッケルを象《かたど》ったバッジだけである。

被害山荘の経営者にそのバッジを示したところ、同山荘で記念品として売っている品であることがわかった。

とすると、島岡本人が身に付けていた可能性が大きくなる。

「しかし、被害者が身に付けていたバッジを、どうして飼い犬がくわえ取ったんだ」

熊耳は疑問におもった。

ショパンは飼い主を守ろうとして犯人に反撃を加えた。その際、犯人の身体からバッジをくわえ取ったのであろうというのが熊耳の推測である。

「すると、犯人は山荘の関係者でしょうか」

会田が言った。

山荘の関係者であれば、売上金搬送の日程やコースに通じている。容疑者候補として、まず山荘関係者が挙げられるであろう。

「とは限らないよ。バッジは山荘を訪れた登山者のだれもが買えるんだ」

熊耳は言った。

三俣蓮華山荘は当時、収容人員二百五十名、従業員がアルバイトを含めて十名いた。

また同山荘と同じ経営の雲ノ平山荘は収容人員二百名、常時従業員五名、アルバイト五名ないし十名、湯俣山荘の従業員も含めなければなるまい。こちらは収容人員五十名、アルバイトを含めて従業員は二名である。

だが、当時の従業員は経営者を除いて、すべて替わってしまっている。

「行きずりの犯行ということは考えられませんか」

会田が言った。

「可能性としては考えられるが、犯人は売上金の搬送日、時間、コースを入念に研究して、待ち伏せていた状況が濃いね。流しの犯行であれば、リュックを背負い、犬を連れた被害者が売上金を運んでいるとはわからない。透視でもできない限り、リュックの中身が売上金とは気づかないはずだ。犯人は被害者が通りかかる時間とコースを予測して、待ち伏せていたにちがいない」

熊耳が言った。

「こういう可能性はありませんか」

会田がなにかをおもいついたような表情をした。

「どんな可能性かね」

「島岡に共犯者がいたとします。共犯者と共謀して金を拐帯する予定だった。ところが、共犯者が金を独り占めしようとして、島岡を殺害したのです」

「面白い着想だが、島岡が金を拐帯するつもりなら、共犯者なんかいらないだろう。自分一人で金を持って、姿を隠してしまえばいいんだ。危険なだけで、分け前の減る共犯者を引き込む必要はまったくないよ」

「やっぱり無理ですか」

「むしろ、犯人が複数の可能性が大きいんじゃないかな」

「犯人が複数……？」

「被害者が黙って金を奪われたとは考えられない。犬も連れている。被害者が本気で抵抗すれば、犯人一人では返り討ちに遭う虞《おそれ》がある」

「被害者の顔馴染《なじみ》で、油断を狙えば一人でも可能ですよ」

「顔見知りの可能性もかなりあるね」

熊耳はうなずいた。

遅蒔《おそま》きながら現場を中心にダムの工事人や山荘関係者、葛温泉、旅館従業員、交通関係業者などに再聞き込みが行なわれた。

永遠の婚約者

1

棟居《むねすえ》は久し振りに五日間の休暇が取れた。取れたというよりは、溜《た》まりに溜まった休暇を那須《なす》警部から強制的に取らされたと言った方がよい。

「刑事も人間だよ。たまには充電しないと、エンコしてしまうぞ」

と那須から言われて、事件の合間を縫って休暇を取った。半年に一日くらいしか取れない休暇を五日取れたのであるから休暇の椀飯振舞《おうばんぶるま》いである。

彼はこの休暇に、桐子《きりこ》との念願の約束を果たそうとおもった。

桐子から、次は北アルプスの秘境と言われている雲ノ平《くものたいら》に連れていってくれと、かねてからせがまれていた。

桐子に休暇が取れると言うと、躍り上がって喜んだ。

「ぼくだけが一方的に休暇を取っても、きみの方の都合はどうなんだい」

棟居に聞かれると、

「私の方は大丈夫よ。いつでもあなた次第。会社を辞めてでも行くわ」

「そんなことをしてはいけないよ」

棟居は慌てた。

「嘘《うそ》、うそ。私も休暇が溜まっているの。大丈夫。こんなときのために、普段一生懸命働いているから、多少はわがままがきくのよ」

桐子は自信ありそうに言った。

二人が旅立ったのは八月の下旬である。

山の最盛期の雑踏が終わって、山が本来の静寂を取り戻しかけた秋の門口からおずおずと入って行った。

棟居と桐子は新宿駅から松本行きの特急に乗った。

北アルプスの最後の秘境と呼ばれる雲ノ平は、北アルプスのほぼ中央部、長野、岐阜《ぎふ》、富山三県の境界に立つ三俣蓮華《みつまたれんげ》岳の北に展開する高原である。

その周縁を黒部の源流と岩苔小谷《いわごけこたに》に守られ、三俣蓮華岳をはじめ、従者として祖父《じい》岳、水晶《すいしょう》岳、鷲羽《わしば》岳、黒部五郎岳、薬師岳と、北アルプスの名だたる雄峰を侍《はべ》らせた、まさに雲表の楽園である。

一歩中に踏み入れば、無数に点在する池塘《ちとう》の間を高山植物の群落が埋め、雪渓から派生する清らかな流れが縦横に走っている。

原初の岩石に偃松《はいまつ》が配され、高原を彩る諸要素がそれぞれ計算されたような絶妙の布《ふ》置《ち》をとって、どんな技術の粋を尽くした庭園も及ばないような自然庭園を形成している。

雲ノ平への入り道《アクセス》は、長野県大町市から七倉《ななくら》を経て、湯俣《ゆまた》温泉から伊藤新道経由と、岐阜県側から小池新道を経由双六岳《すごろく》越え、また富山県方面から太郎平小屋を経由し薬師沢新道を伝う三コースが主たるものである。

いずれのコースを取っても、その日のうちに雲ノ平に入るのは難しい。

北アルプスのほとんどすべての山小屋が一日圏に達したのに、雲ノ平だけは二日圏の孤高を維持している。

それだけに、この山域にはるばる訪ねて来る登山者は、雲ノ平への憧《あこが》れが強い。

伊藤新道コースを取った棟居と桐子は、その日の夕方、湯俣山荘に達した。

以前は七倉から湯俣まで高瀬川沿いの瑞々《みずみず》しい林道であったのが、高瀬ダムの出現によって、登山者は長大なトンネルをいくつも潜《くぐ》らなければならなくなった。

これは登山者が歩くべき道ではないが、バスは通っていない。

このトンネル経由のアクセスが登山者から敬遠されて、十年の歳月を積み重ねて開通した伊藤新道経由の雲ノ平へのルートを取る登山者は激減したそうである。

だが、東京から雲ノ平への最短コースとしての利用価値は失われていない。

ようやくトンネルを抜け切って、高瀬湖の全貌《ぜんぼう》が視野に入った。

以前の全身が緑に染まるような林道は消えて、工事用ダンプや関係車両が往来する味気ない車道が坦々《たんたん》とつづいている。

青白色の油を溶いたような高瀬湖のかなたに、高い山の稜線《りょうせん》が望める。

早くあの高みへ行きたかった。

棟居は烏帽子《えぼし》岳から連なる野口五郎岳付近の稜線を見た。

棟居は数年前、中谷と一緒に撮影した地点《ポジション》をさりげなく探していた。彼の記憶とはだいぶ異なり、原初の地勢は発電用施設として整形されていたが、背後の山の形は変わっていない。

おおかたこの辺りであろうと見当をつけた地点には、殺風景な人工池が穿《うが》たれていた。

「なにを探しているの」

棟居の様子を悟った桐子は問いかけた。

「いいや、べつに」

棟居は軽くいなして、

「もうこれから先にはトンネルはないよ。今夜はゆっくり温泉に浸《つか》って、明日はいよいよ雲ノ平だ」

と言った。

そのとき爆音がして、頭上をヘリコプターが飛んで行った。

翌日も山は安定した天候下にあった。

心配していた台風もなく、二人は伊藤新道を独占して登った。

開拓者が十年の歳月と情熱をかけて開通したルートだけあって、湯俣温泉から先は熱湯の噴出する地獄の釜《かま》の底のような河原を横切り、絶壁に刻まれた道を伝い、切り立つ峡谷に架《か》けられた吊り橋を何度も渡る。

桐子は嘆声と悲鳴のあげっぱなしである。

景観は進むほどにますます凄絶《せいぜつ》になる。赤い岩肌の切り立つ底を青白く濁った硫黄《いおう》の水が泡立ちながら流れ落ち、谷のかなたに赤岳、硫黄岳がその名の通り、赤く錆《さ》びた稜線を鋸歯《きょし》状に連ねる。

硫黄のにおいが鼻腔《びこう》を衝《つ》いた。

第五の吊り橋を渡ると、道は次第に湯俣川の水流から離れてくる。

桐子が一際華やかな歓声をあげた。赤岳、硫黄岳の稜線越しに槍《やり》ヶ岳の尖峰《せんぽう》が突き出した。

間もなく尾根の上に出て、これまで峡谷に閉ざされていた展望が広がった。

谷を挟んで双六岳の小屋が見え、三俣蓮華山荘も視野に入ってきた。

三俣蓮華岳を背負って、偃松帯の台地の上に建つ三俣蓮華山荘は、峨々《がが》たるアルプスの連峰によく調和した牧歌的なたたずまいである。

長い喘登《ぜんとう》や縦走に疲れた登山者に確実な憩いを保証するように、闊達《かったつ》な風景の要として待っているように見えた。

三俣蓮華山荘に到着すると、ここは烏帽子岳から槍ヶ岳に向かうアルプス裏銀座、薬師岳方面から黒部五郎岳を経由して来るアルプスダイヤモンドコースと呼ばれる長大な縦走路の交差点であるだけに、登山者で賑《にぎ》わっていた。

棟居は今日のうちに雲ノ平へ入れないこともなかったが、桐子の体力を慮《おもんばか》って、今夜は三俣蓮華山荘へ宿泊することにした。

賑わっているとは言っても、最盛期に比べると登山客は少ない。棟居と桐子は個室をあたえられた。

知り合ってから初めて、同じ部屋で一夜を明かすことになる。

棟居はためらいをおぼえたが、せっかくの山荘の好意を無にすることはできない。

桐子は嬉《うれ》しそうである。

夕食の時間までまだ間があったので、山荘の周囲を散策することにした。

山荘の外へ出ると、居合わせた登山者がなんとなく慌しい。

山荘前の広場に集まって、一様に同じ方角を見つめている。今日、二人が登って来た伊藤新道の方角である。

「なにかあるのですか」

棟居はかたわらの登山者に尋ねた。

「氏名千尋《うじなちひろ》が来るそうですよ」

「氏名千尋が」

「なんでも山荘の荷揚げ用のヘリに便乗して、婚約者と一緒に来るそうです」

その情報が登山者に伝わったので、山荘の前で待っているらしい。

物見高さは下界も山の上も同じであった。

待つ間もなく、鷲羽岳の袖《そで》から爆音が聞こえ、ごま粒のような点が空間に浮かんだ。

ごま粒はみるみる拡大して近づいて来た。

昨日、湯俣温泉への道を進んでいるとき、頭上を飛び越えて行ったヘリコプターと同一機らしい。

ヘリはみるみる機影を大きくして、三俣蓮華山荘の上空へ来た。

機体の下に吊り下げた大きなネットに、山荘への運搬物資を抱え込んでいる。

ヘリは山荘前の広場上空に停止飛行《ホバリング》しながら、徐々に高度を下げた。

ネットが地上に軟着陸すると同時に、ネットが機体から外された。

つづいてヘリが広場に着陸した。凄《すさ》まじい風圧と共に、土埃《つちぼこり》が巻き上がる。

回転翼《ローター》の回転がようやく止まると、ヘリから二人が降り立ってきた。

ヘリを取り巻いた登山客から歓声と拍手が湧《わ》いた。

2

氏名千尋は舞台に登場する千両役者のような晴れがましい表情で、中谷雄太《なかたにゆうた》を付き人のように従えて降り立った。

たしかに彼女がこれまで立ったいかなる舞台よりも、アルプスの連峰が妍《けん》を競う豪勢な舞台であったにちがいない。

棟居と桐子は登山客の輪の背後から二人を見ていた。

中谷は棟居とツーショットを撮影してから数年経過しているが、当時と様子はあまり変わっていない。

当時の精悍《せいかん》な風貌《ふうぼう》が少し肥って、ややマイルドになったように感じられるだけである。登山客の輪が崩れて、図々《ずうずう》しいのが千尋にサインをねだっている。

千尋は愛想笑いを浮かべながら、如才なく登山客のリクエストに応《こた》えた。

従業員に案内されて山荘へ入るとき、棟居と中谷の目が合った。だが、中谷はなんの反応も見せない。完全に忘れているようである。

棟居は彼と氏名千尋との婚約を報道で知っていたが、なんの予備知識もなく街ですれちがっていたら、棟居も気がつかなかったであろう。

「いまの人、知っているの」

氏名と中谷が山荘に入った後、桐子がそっと問うた。

棟居の様子から、中谷との間になにかを感じ取ったらしい。

「五年ほど前、湯俣の近くですれちがったことがあるんだよ」

「あら、でもあの人、知らん顔をしていたわよ」

「きっと忘れているんだよ。いまの彼には氏名千尋以外は目に入らないのかもしれない」

棟居は苦笑した。

翌日、なにごともなく清浄な朝を迎えた二人は、雲ノ平へ向かった。

無事に朝を迎えて、棟居はほっとすると同時に、絶好の機会を見送ったような、無為に過ごしてしまった夜に未練をおぼえた。

桐子と穂高で初めて出会ったときも、同じような男としての未練をおぼえたが、昨夜の無為は数回無駄にしてしまったチャンスを積み重ねている。

透明な朝の陽射《ひざ》しに全身を浸しながら、棟居はこれでよいのだと自分に言い聞かせた。山荘の前から黒部源流へ下り、谷底からふたたび雲ノ平へ登る。日本最大の峡谷黒部川も、源流は一跨《ひとまた》ぎの小さな流れになっている。

雲ノ平の登りに取りつくと、一夜を過ごした三俣蓮華山荘越しに槍ヶ岳から穂高に連なる山塊がせり上がってくる。

鋭角的な槍ヶ岳に配する牧歌的な三俣蓮華山荘の配置が絶妙である。

ジグザグの登路の傾斜が緩んで、偃松帯に歩み入ると、すでに雲ノ平の台地の一角へ踏み入っている。

山は完全に目覚めていた。高原を囲繞《いにょう》する祖父岳、水晶岳、三俣蓮華岳、黒部五郎岳は指呼のかなたにその全容を現わし、槍ヶ岳や笠《かさ》ヶ岳は遠方に霞《かす》んで、その特徴ある山頂が存在を主張している。

いずれもアルプスのスターが、山麓《さんろく》から仰ぎ見るときの到達不能な拒絶的高峰としてではなく、自分自身彼らと肩を並べる高みにあって、その奥座敷に迎え入れられての同位の実景として眉《まゆ》の高さにある。

傾斜が緩むほどに雪原が現われた。雲ノ平の門口に立ったのである。

さらに進むと、草原の中に夥《おびただ》しい池塘が点在し、流れる雲を映している。

偃松を分けて、道はいよいよ雲ノ平の核心部へと踏み込んで行く。

開拓者によって日本庭園、スイス庭園、ギリシャ庭園、アルプス庭園などと名づけられているが、雲ノ平全体がいみじくも名づけられた通りの自然が完成した一大庭園である。

周囲に忠実な従者のように侍《はべ》る三千メートル級の高峰群が、山麓からの高度差を失って、頂稜部を同位のパノラマとして展開するのが、豪華な饗宴《きょうえん》のテーブルに連なったような喜びを感じさせる。

山麓から仰ぎ見るとき、下界から遠く想うとき、いずれも雲表に隔てられた遥《はる》かなる高峰が、手を伸ばせば届く食卓の馳走《ちそう》のように、地つづきに（同じ食卓の上に）膳立《ぜんだ》てされているように見える。

「山のバイキングみたい」

桐子が当意即妙な形容をした。

まさにより取り見取りの山のバイキングであった。

緩やかに登り切った道は、下降に移った。

高原の中央部、黒部五郎岳を背負って、赤い屋根の雲ノ平山荘が視野に入る。

山荘が見えてほっとした二人は、咲き乱れる高山植物のかたわらで休憩を取った。

視線を右に転ずれば、薬師岳の長大な稜線が雲の湧き立つ立山の方角につづいている。

三俣蓮華岳付近の賑わいに比べて、さすがアルプス最良の秘境とされるだけあって、登山者の姿はまばらである。

お花畑でゆっくり休憩を取っていると、後方に人の気配がして、数人の登山者のグループが現われた。

見ると、氏名千尋の一行であった。三俣蓮華山荘の若者が案内をしている。

一行も棟居らが休んでいるかたわらへ来ると、歩を止めた。

棟居らと視線が合った氏名千尋が、にこりと微笑《ほほえ》んで会釈した。

「またお会いしましたね」

棟居が声をかけた。

「昨夜は三俣蓮華山荘にお泊まりになりましたわね」

千尋が答えた。見ていないようでいて、見ていたらしい。

「以前にもお会いしたことがあります」

「あら、どこでお会いしたかしら」

千尋が記憶を追うような表情をした。スターであるから、ファンがどこかで一方的に見かけていても不思議はない。

「いえ、氏名さんではなく、中谷さんにお会いしました」

「私に？　いつ、どこでですか」

突然名前を呼ばれて、中谷がびっくりした視線を向けた。

「五年前、湯俣《ゆまた》林道で偶然お会いして、一緒に写真を撮りましたよ」

「五年前、湯俣林道で……」

中谷の表情が少し動いたように見えたが、すぐに平静に戻って、

「さあ、そんなことがあったかな」

と半ば独り言のように言った。

「お忘れになったのでしょう。私もそのツーショットが出てきたときは、いつ、どこで撮影したのかおもいだせませんでした。それが先日、新聞でご婚約の記事を拝見して、ようやくおもいだしたのです」

「そうでしたか。これは失礼しました」

中谷は口調を改めたが、おもいだしたようにも見えない。

「少し前に高瀬湖畔で元三俣蓮華山荘管理人の白骨死体が発見されたと報道されていましたが、ちょうどあの近くでお会いしました」

棟居が追加した言葉に、中谷はぎょっとしたように顔色が変わった。

棟居は中谷の意外な反応に驚いた。

棟居がなにげなく言った言葉が、中谷に衝撃をあたえたらしい。

つまり、中谷にとってその事件は無関係ではなかったのかもしれない。

「それでは、私たちは一足お先に……」

中谷は棟居たちから逃れるように、グループの先頭に立って歩き始めた。

今宵《こよい》の宿である雲ノ平山荘は目の前である。急ぐ必要はない。

棟居は氏名一行を見送って、周辺をのんびりと散策した。

人生の素晴らしい休暇である。南北に連なる北アルプスの長大な尾根は、北部に剣岳、南部に穂高《ほたか》山群の岩の殿堂を配しているが、アルプス中心部の雲ノ平は池塘と高山植物の群落に飾られた優しい高原である。

そそり立つ銀灰色の岩と、岩の襞《ひだ》を埋める雪の象嵌《ぞうがん》は、山容を構成する最も美しい要素であるが、若者の野心と闘争心をそそる生臭さをまとっている。

拒絶的な岩相には、死のにおいすら漂っている。

アルピニストは山に挑戦状を突きつけ、山と対決するために岩の鎧《よろい》の下に集まって来る。

敗れれば山が彼らの墓場となる。

だが、雲ノ平山域にはそんな野心や生臭さはない。

登山者はなんの野心もなく、山と調和し、山に抱擁されるために深い谷をさかのぼり、長い尾根を蟻《あり》のように這《は》ってやって来る。たまゆらの人生の休暇を、山の奥座敷で寛《くつろ》ぐために。

棟居は若い一時、好んで岩壁登攀《とうはん》に闘志を燃やしたが、いまは山以外に対決しなければならないものを見いだした。

社会悪と戦い、不正を追及するのに疲れたとはおもっていない。

だが、たまの休日を、社会悪との戦いから山への挑戦に切り替えるつもりはない。

下界から隔絶された雲表の高原で、命の洗濯をするのだ。

「氏名千尋の婚約者、あなたの言葉になんだかぎょっとしたようだったわね」

広大な風景に心を放散していた棟居に、桐子が声をかけた。

「せっかく美しい婚約者と山へ来て、いい気分になっているとき、白骨死体が発見された近くで一緒に写真を撮ったなどと言ったものだから、気分を害したんだろう」

魂を放散していた棟居は、桐子の声に我に返った。

「あの人、はっきりと顔色が変わったわよ。あの人が例のツーショットのパートナーだったら、やっぱり白骨の主となにか関《かか》わりがあったのかもしれないわね」

桐子はツーショットについて棟居が話したとき、強盗殺人事件との関連をすでに推測していた。

「それは考えられるかもしれないね。彼は山岳界ではかなり名の売れた登山家らしいから、三俣蓮華山荘の管理人をしていた骨の主と関わりがあっても不思議はない」

「もしあの人があなたの素性を知ったなら、どうおもうかしら」

「どうおもうって、どういう意味だい」

「あの事件について、捜査しに来たとおもうかしら」

「まさか。ぼくは休暇で来たんだよ。それに管轄ちがいだ」

「でも、意識にあの事件が引っかかっていたんでしょう。だから、あんなことを言ってしまった……湯俣林道でもツーショットの撮影地を探していたんでしょう」

桐子が目にいたずらっぽい笑みを含んだ。

彼女はちゃんと見ていたのである。

「そんなことはないよ。彼にも言ったけど、古い写真が出てきたとき、いつ、どこで撮影したか本当に忘れていたんだ。写真が出てきた後、事件が報道されたのでおもいだしたんだよ。正直に言っただけさ」

「でも、相手はそうは取らなかったかもしれないわよ」

「というと？」

「なんらかの魂胆があって、探りを入れたとおもうかもしれなくてよ」

「どうしてそんな風におもうんだい」

「もし、あの人が事件に関わっていればね……」

「まさか……偶然、白骨が発見された近くで一緒に写真を撮ったというだけだよ」

「それにしては、あの人の反応は大袈裟《おおげさ》だったわね」

「きみはいつの間にか刑事的な発想になったね」

棟居は苦笑した。

「それはあなたとおつき合いしているからよ」

桐子もくすりと笑った。自分でも強引な発想だとおもったらしい。

「そろそろ小屋へ行こうか。食事をしてから雲ノ平の奥まで行ってみたい」

棟居は桐子を誘った。

その夜は珍しく、雲ノ平山荘には登山客が数組しかなかった。

最盛期を過ぎたとはいえ、上高地や白馬岳の賑わいが嘘《うそ》のような静けさであった。

中谷は棟居を敬遠したいようであったが、山小屋の食堂やロビーでいやでも顔を合わせた。

食後、部屋へ引き取りたそうにしている中谷を無視して、氏名千尋が棟居に話しかけてきた。

「先程は失礼しました。山にはよくお登りになるようですね」

「学生時代はよく登りましたが、最近はなかなかチャンスがないもので」

棟居は答えた。

「青春の山に奥様をお連れしたのですね」

千尋の言葉に、桐子は嬉しげに頰《ほお》を染めた。

「いや、まだ結婚していません」

「あら、それでは私たちと同じね。ご婚約中……」

棟居が答える前に、桐子が、

「はい、そうです」

と口を挟んだ。

「お仲間と一緒になれて、嬉しいわ」

千尋が言った。

氏名グループの中谷以外の何人かは、どうやら東京から付いて来た芸能マスコミ記者らしい。彼らの会話に職業的な聞き耳を立てている。

「北鎌《きたかま》尾根を登られたことはありますか」

千尋は問うた。

「登りたいとはおもっていましたが、登り損なってしまいました。北アルプスでも指折りの難コースですよ。北鎌尾根を登られたことがあるのですか」

棟居が少し驚いて問い返した。

槍ヶ岳から東、西、北へ三筋の尾根を派生している。

東鎌尾根が燕《つばくろ》岳から来るアルプス表銀座通りと呼ばれる最もポピュラーな尾根である。

西鎌尾根が烏帽子《えぼし》岳から三俣蓮華岳を経由して槍ヶ岳へ至るアルプス裏銀座と呼ばれる、東鎌尾根につづく人気縦走路である。

北鎌尾根は熟練登山家のみに許される痩《や》せて脆《もろ》い岩稜で、ロッククライミングの技術を要求される。

「私はそんな険しいところには行けません。せいぜいヘリコプターから見下ろすぐらいですわ」

千尋は棟居の勘ちがいを笑うように、

「実は、私の兄の勝彦が北鎌尾根で遭難したのです」

と言った。

芸能記者が姿勢を改めたのがわかった。彼らにとっても初耳であったらしい。

「お兄さんが、北鎌尾根で遭難……それはいつごろですか」

「六年前の十二月です」

「十二月と言えば、北鎌尾根の条件が最も厳しくなる季節です。お兄さんは相当のベテランだったのですね」

「登山グループに所属するのが嫌いで、いつも一人で登っていました」

「十二月の北鎌を一人で登るのはかなり冒険ですね」

「当時、無謀だと批判されました。でも、兄の遭難にはちょっと不審な点がありました」

「不審な点というと」

「兄はだれかに殺されたのではないかとおもいます」

「殺されたとは穏やかではありませんね」

棟居は少し居ずまいを改めた。

氏名千尋が彼の素性を知っているはずはないが、棟居は彼女に自分の職業を察知されたような気がした。

「ヘリから北鎌尾根がよく見下ろせました。兄があの尾根で死んだのかとおもうと、涙が出てきました」

かたわらで芸能記者がメモを取り始めた。中谷が神妙な顔をして聞いている。

「なぜ殺されたと疑われたのですか」

「兄はいつも一人で山に登っていただけに、装備は充分にしていました。それが北鎌尾根で遭難死体となって発見されたとき、寝袋がなかったのです」

「寝袋がない……十二月の北鎌尾根をアタックするにしては、寝袋を携行しないということは考えられませんね」

「兄は極地用の寝袋を持っていました。北鎌尾根に登るときも、その寝袋を持って行ったのです」

「持って行ったはずの寝袋がなかったとおっしゃるのですね」

「そうです。兄は寝袋もなく、着の身着のままで雪に埋もれて死んでいたそうです」

「遭難者は死の直前、幻覚を見て、寝袋から抜け出し、衣服も脱いで死ぬことがあると聞いていますが……」

「兄は衣服はちゃんと着ていました」

「それでは、寝袋から抜け出して、尾根をさまよっていたのではありませんか」

「兄の死体が発見された後、その周辺を広く捜索したそうですが、寝袋は発見されませんでした」

「つまり、だれかがお兄さんから寝袋を奪い取った疑いがあるというわけですね」

棟居の目が光ってきた。

「私はそんな気がして仕方がありません」

「山に登る者としては考えられないことですね」

「山に登る人間に悪人はいないと言われますが、山も地上からつづいている以上、悪い人間が入り込んでもなんら不思議はないとおもいます。

それは山を極端に美化した山男や山女の神話というよりは、幻想ではないでしょうか。もっとも本当の登山家であれば、そんな悪人はいないかもしれません。でも、本来は山に登るべきではないような人間が山に登った場合、下界となんら変わりない犯罪を実行したとしても、犯人にしてみれば、路上のホールドアップや銀行強盗が山に場所を変えただけかもしれません」

「ホールドアップや銀行強盗が北鎌尾根には登れないでしょう」

「たとえばの話です。そういう邪悪な心の持ち主が北鎌尾根を登る登山家の中にいた可能性もあるとおもいます」

氏名千尋の言う通り、そういう邪悪な登山家がいたとしても、彼女の兄が抵抗もせず、寝袋を奪われたであろうか。

冬の北鎌尾根で寝袋なしにビバーク（露営）することは死を意味する。

「これは私の推測ですけど、兄は登山中、吹雪に巻き込まれて身動きできなくなったとします。そのとき兄はすでに体力を消耗していたのではないでしょうか。そこへ余力を残した登山者が登って来ました。登山者は寝袋を持っていなかった。弱った兄を見た登山者は、兄から寝袋を奪い取った……もし、その登山者が複数であったら、兄が抵抗しても敵《かな》わなかったでしょう」

恐ろしい推測であるが、考えられる可能性であった。

「山を愛する一人として考えたくない忌まわしいことですが、あるいはあり得るかもしれませんね」

棟居は言った。

「昨日もちょっとおっしゃっていましたが、つい最近、北アルプスの山域で、元山小屋の管理人の白骨死体が発見されたと報道されていましたわね」

千尋がおもいだしたように話題を転じた。

「それは私どもの小屋と同じ経営の、三俣蓮華山荘の元管理人をしていた島岡さんのことでしょう」

ロビーで話の輪に加わっていた雲ノ平山荘の管理人が言葉を挟んだ。

「まあ、昨夜お世話になった山荘の元管理人さんでしたか」

千尋が驚いたような表情をした。

雲ノ平山荘の管理人は、島岡が山荘売上金を大町の銀行へ運搬する途上、強盗に襲われて殺害され、死体を埋められた事件の経緯を語った。

死体が発見されるまでは島岡が拐帯したと疑われていた。

彼は自らの死体を現わすことによって、かけられた不名誉な嫌疑を晴らしたのである。

「そして、管理人さんを殺した犯人は捕まったのですか」

氏名千尋が問うた。

「いいえ、まだ捕まっていないようです。どうやら捜査は難航している模様ですね」

管理人が言った。

「これもいやな想像ですけど、島岡さんを殺した犯人は、登山者ではないでしょうか。登山者だから、島岡さんの行動パターンも知っていたし、逃げ道も確保できたんじゃないかしら」

「警察もそのように考えたようです。しかし、事件が発生したのは五年も前のことなので、当時の事情を知る人間が散ってしまいました」

中谷は無表情に聞いているが、棟居の目には、彼の無表情振りが意志の力で反応を抑えているように見えた。

「もし登山者が犯人なら、山男(女)善人説は崩れますわね」

千尋が言った。

彼女の言葉に少し座がしらけた気配を敏感に悟ったらしく、

「ごめんなさい。話題を変えましょうか。せっかく下界の鎖から離れて、雲ノ平へ来ているのに、私って、なぜこんな話をしたのかしら」

千尋は自責するように言った。

3

山から帰ってからも、氏名千尋の話は妙に棟居の胸に引っかかった。

彼女の推測は忌まわしい疑いであるが、あり得ることである。

それにしても冬季の北鎌尾根に登る者は限られる。

千尋の推測の通り、彼女の兄が殺されたのであれば、犯人は同山域の登山者に限定されるであろう。

北鎌尾根の登山口に当たる湯俣温泉や、終着基地の槍ヶ岳肩の山荘、あるいはその周辺の山小屋、また同じ時期に同山域に入り込んでいた登山者の目に触れてもよいはずである。

また氏名千尋の推測には重大なネックがある。冬季、いや冬季でなくとも北鎌尾根を志すような登山者であれば、必ず寝袋を携行したはずである。

他の登山者の寝袋を奪う必要はなかったはずである。

やはり身内を殺された千尋の被害妄想か、被害誇大意識であろう。

山から帰って来た棟居に、待ち構えていたように事件が連続した。

帰京後、桐子とも会っていない。桐子と山で四夜も共に過ごしながら、なにごともなく帰って来た。

氏名千尋から婚約者かと問われたとき、桐子は躊躇《ちゅうちょ》なくそうだと答えた。

「永遠の婚約者かもしれないな」

棟居は苦笑した。桐子には見せられない苦笑である。

桐子は四泊五日の山旅を満喫して帰って来たが、棟居と二人だけの旅行に期待を抱いていたにちがいない。

その期待を躱《かわ》された寂しさを隠しているのがいじらしい。

未婚の女性が男と数泊の旅行に同行したことは、彼女の覚悟を示している。

たとえ棟居が手出しをしなかったとしても、同行した事実が実績となっている。

同行の内容に関わりなく、同行して夜を共に過ごしたことが、二人の間の既成事実となっているのである。

家族を失った棟居が、新たに家族をつくらないと決意して身を律しているつもりでも、それは独りよがりの都合のよいストイシズムと言うべきであろう。

新しい家族をつくっても、自分には守ってやることができないというのは口実である。

家族を失った後半生、本当にただ一人で生きていくつもりであれば、桐子を山へなど誘うべきではない。

桐子の好意に甘えて、というよりは利用して、独善的なストイシズムを弄《もてあそ》んでいるだけだ。

棟居は自分を責めた。

男の手前勝手であることはわかっているが、一人の寂しさについ負けて、桐子に甘えてしまう。

桐子が棟居に甘えられるのを喜んでいることが、彼の手前勝手を促している。

わかっているつもりであるが、やめられないというわけである。

いっそのこと桐子が新たな恋人を見つけて、自分から去ってくれればよいとおもうことがある。

だが、いまや桐子なしではやっていけなくなっていることを知って、棟居は愕然《がくぜん》とした。

桐子と知り合い、渦に巻き込まれるように彼女に接近して行った。

これ以上近づいてはならない、親しくしてはいけないと自らを戒め、彼女との間に仕切りを設けていたつもりであった。

もし桐子が恋人であるとしても、限定された恋人であると自分に言い聞かせた。

だが、そんな仕切りや限定が惹《ひ》かれ合う男女の間に通じるものではない。

棟居はいつの間にか仕切りを越えていた。限定的恋人などというものはあり得ない。

仮にあったとしても、ひどく一方的なもので、相手の心を玩《もてあそ》ぶ。

もはや桐子のいない後半生をおもうだけで、ぞっとする。

新たな家族はつくらないと自分を束縛するのは勝手であるが、棟居を縛った紐《ひも》の先に桐子を縛っている。

自分の決意をあくまでも貫く覚悟があれば、桐子を縛った紐を切断すべきであろう。

棟居にはそれはできなかった。

山から帰って多忙を口実に、桐子に連絡しなかったのも、その紐を切る勇気がなかったからである。

どんぐり？の動機

1

「お疲れさまでした。それでは明朝十時にお迎えに来ます」

マネージャーの塚田《つかだ》謙治《けんじ》がマンションの玄関前まで送って来て言った。

明日は午前十一時から大泉《おおいずみ》にある撮影所で、テレビ特番の録画である。

午前十時の迎えならば、久し振りに九時ごろまでは寝られるだろう。

今日は午前五時に起きて、化粧をする間もなく車に押し込まれ、車の中で塚田が用意してきたサンドイッチを牛乳で流し込み、テレビ局からテレビ局へと走りまわり、録画、打ち合わせ、リハーサルを繰り返し、ようやく解放されたのが午前二時である。

朝起きてから二十一時間拘束された。

移動の時間に芸能マスコミのインタビューが割り込む。

わずかな食事時間を、雑誌のグラビア撮りや、ラジオ局がデンスケを持って容赦なく削る。

睡眠時間三時間か四時間は当たり前の世界である。

トップスターとして人気を維持するためには、非人間的な過酷な労働に耐えなければならない。

二十三歳、芸能界では決して若くはない年齢である。

彼女の背後には有力な新人が雲のように犇《ひし》めいている。

だが、どんなに過酷で非人間的であっても、彼女はいま雲の上を舞っている。

たしかにスターは人間ではない。羽衣をまとって舞う天女である。

一度でもスポットライトを浴びて檜舞台《ひのき》で舞う味をおぼえた者は、もはや二度と地上には戻れない。

たとえ睡眠時間三、四時間、拘束二十時間以上という過酷な重労働も、天女である証拠である。人間でないからこそ耐えられるのである。

世間のスポットライトを集めて檜舞台で舞う快い緊張。自分はいま世界の中心にいるという陶酔。

それを維持するためなら魂を売ってもよい。いや、とうに魂を売り渡しているかもしれない。

氏名《うじな》千尋《ちひろ》は多忙を極めた一日の興奮を快く引いて、我が家の玄関を入った。

玄関といっても、オープンカードで開いて入るマンションのパブリックドアである。

一日ぴったり張りついていたマネージャーも、ここから先へは従《つ》いて来ない。

神輿《みこし》として大勢の人に担がれ、祭りの中心にいた身が、初めて自分専用の空間で一人になれた。

ほっとすると同時に、常に多数の人間に取り巻かれている身は少し心細い。

千尋の部屋はマンション最上階の十階である。

都心の一等地に建つこのマンションの入居者は選ばれた人間ばかりである。

それぞれライフスタイルの異なる入居者たちも、この時間帯は寝静まっているようである。

それでなくとも壁の厚い防音効果の完全なマンション内部は、深海の底のように静まり返っている。

自室のドアを開いて中に入った千尋は、玄関の踏み込みに脱いである一足の男物靴を見て、はっとした。

今日は婚約者の中谷《なかたに》が来る予定の日であったことをおもいだした。

中谷にはキーを渡してある。スケジュールに追われて、すっかり忘れてしまった。

「ごめんね。遅くなって」

千尋は上がり口から奥の部屋に声をかけた。

だが、返答はない。待ちくたびれて、眠ってしまったのか。それとも怒っているのであろうか。

だが、婚約したときから、千尋が予定通り帰れないことには馴《な》れているはずである。

天下のスター氏名千尋と婚約したからには、その覚悟はできているはずであった。

屋内は三ＤＫの構成である。玄関から奥へ導く廊下を挟んで、左にユニットバス、洗面所、トイレ、右手が洋室、その奥にダイニングキッチンがあり、ルーフバルコニーに面した寝室と洋室の居間がある。

中谷が来て待っているときは、バルコニーに面した居間にいて、テレビやビデオを見ている。

千尋は食堂を経由して居間を覗《のぞ》いたが、中谷の姿はなかった。テレビもついていない。

「雄太《ゆうた》さん」

千尋は声をかけたが、返事はない。遅いので寝室に入って眠ってしまったのかもしれない。

しかし、これまでは彼女の帰宅がどんなに遅くなっても待っていてくれた。

小首をかしげながら寝室とのコネクティングドアを開いた千尋は、ぎょっとして棒立ちになった。

中谷が寝室の床の上にうつ伏せに倒れている。

そんなところに眠っているはずはない。寝室の灯は消えているが、居間の照明が中谷を照らした。

後頭部から流れ落ちた黒い液体が、床の上に小さなプールをつくっているのが視野に入った。

このとき千尋の口から、彼女自身が殺されるような悲鳴が迸《ほとばし》った。

2

九月二十九日午前二時過ぎ、港区南青山三丁目、ファミール・エレガンス一〇〇五号室に男の変死体発見の通報を、警視庁通信指令センター経由で受けた所轄の赤坂署から、宿直捜査員が現場に急行した。

現場にはすでに通信指令センターから指示を受けたPC（パトカー）が先着して、現場保存に当たっていた。

事件が発生したのは、南青山三丁目の高級マンションの一室である。

部屋の主は人気スターの氏名千尋で、仕事を終えて帰宅して来た本人が、自宅寝室で死んでいた婚約者の中谷雄太を発見して、一一〇番通報してきたものである。

臨場した赤坂署の捜査員が死体を観察したところ、後頭部に鈍器の作用による打撲症を認めた。

頭髪に隠されているが、頭骨が陥没し、頭皮がぶよぶよしている。

犯行後間もないらしく、死体はまだ新鮮な状態を呈している。

凶器は作用面の小さい金槌《かなづち》かハンマー状の鈍器と推測された。だが、現場から創傷に見合うような凶器は発見されない。

殺人事件と認定した所轄署長から、警視庁捜査一課に第一報がいった。

このとき在庁番の棟居は、所轄署から捜査一課の出動要請を受けて、不吉な予感が胸を走った。

赤坂署からの連絡では、南青山三丁目のマンションの一室で殺人事件が発生したという概略で、詳しいことはわからない。

パトカーで現場へ急行する間、無線が続報を伝えてくる。

「現場は氏名千尋の自宅マンション、発見者は本人、被害者は同人の婚約者中谷雄太、死因は後頭部に鈍器を作用されての脳挫傷《ざしょう》……」

頻々と入ってくる報告によって、現場に到着するまでに事件の予備知識が供給《インプット》される。

中谷雄太が殺された……棟居は衝撃を受けた。

一ヵ月ほど前、雲ノ平で五年振りの再会を果たした中谷が殺され、氏名千尋が死体を発見したという。

棟居の混乱した思考の中で、高瀬湖畔で発見された元山荘管理人の白骨死体や、氏名千尋が雲ノ平山荘で語った彼女の兄の遭難事件が導火線を伝う火花のように明滅した。

なんの関係もないはずの事件を、なぜ連想したのか。きっと氏名千尋と中谷雄太に関連して、混乱した意識の中で連想が脈絡もなく飛び火したのであろう。

現場には所轄署のパトカー、所轄署捜査員、機動捜査隊員などが先着していた。

所轄署の捜査員の中に、顔馴染《なじみ》の畠山《はたけやま》がいた。畠山とは麴町《こうじまち》署時代、よく顔を合わせた。

「やあ、棟《むね》さん、あんたが来そうな予感がしていたよ」

赤坂署の主のような老刑事は、棟居を見て、顔をほころばせた。

「顔を合わせるのは、いつも血なまぐさいところばかりですね」

「たまには綺麗《きれい》どころを侍《はべ》らせて、一杯いきたいところだが、綺麗どころと言えば、今度の一発《いちはつ》（第一発見者）は凄《すご》いよ」

「氏名千尋が発見したそうですね」

「うん、本人、パニック状態になっていて、まだ話を聞けるような状態ではない」

「彼女がやったという疑いはないのですか」

第一発見者を疑うのは捜査の常識である。

「付き人が彼女を自宅に送り届けたのが午前二時少し過ぎ、検視の第一所見では、死亡推定時間は午前零時前後ということだ。つまり、彼女にはアリバイがある」

畠山の表情が、難しい事件になりそうだと言っている。

氏名千尋のアリバイは、異変を聞いて駆けつけて来たマネージャーの塚田によって裏づけられた。

千尋は死体を発見すると、まず塚田に連絡した。

だが、まだ塚田が自宅に帰り着いていなかったために、一一〇番に通報したということである。

「昨日一日、ずっと氏名千尋に張りついていました。途中で私の目を盗んで自宅を往復するなどという芸当はできません。それこそ食事はおろか、トイレットへ行く間もないくらいにびっしりとスケジュールが詰まっていましたから」

と塚田は証言した。

塚田以外にも、彼女のスケジュールに従って各テレビ局、スタジオ、芸能マスコミ関係者によって、千尋のアリバイは裏づけられるであろう。

犯行現場は被害者にとって他人（氏名千尋）の家という環境であるので、犯人としてまず千尋の関係者が考えられる。

彼女を挟んでの三角関係が最も可能性の大きい動機である。

千尋と関係を持っていた男が彼女の自宅を訪ねて来たところ、中谷がいたので、かっとなって犯行に及んだという想定である。

だが、室内には格闘や物色の痕跡《こんせき》は認められない。

ようやく落ち着いてきた千尋に事情が聴かれた。

「雄太さんには自宅のキーを渡してありました。今夜は比較的早く帰れそうだったので、雄太さんが私の家に来て待っていることになっていました。ところが仕事が押して（長引いて）、予定より帰宅が遅れ、午前二時過ぎに帰って来ると、雄太さんが寝室で殺されていたのです」

「あなたが帰宅されたとき、家の中にだれかいたような気配はありませんでしたか」

事情聴取に当たった棟居は問うた。

千尋は棟居に雲ノ平で会っていることを完全に忘れているらしい。

忘れているというよりは、名前も素性も告げず別れたあのときの登山者が、刑事として目の前にいるとは夢にもおもっていないらしい。

棟居もあえて雲ノ平で会ったことを告げなかった。

「だれもいなかったとおもいます」

「被害者は犯人を室内に迎え入れていますが、中谷さんが不審を持たずに迎え入れるような人間に心当たりはありませんか」

「私の知り合いだと言えば、室内に入れるかもしれません」

「今夜、あなたの留守中、あなたを訪ねて来るような人物の心当たりはありませんか」

「私は雄太さん以外には、だれも家へ呼びません。雄太さんの知り合いが訪ねて来たのかもしれません」

「中谷さんの知り合いというと、中谷さんが自分の知り合いをあなたの部屋に呼んだことになりますね」

「なにか用事ができて、呼び寄せたのかもしれません」

「他人の家に人を呼びますか」

「他人ではありませんわ。婚約者です」

千尋は抗議するように言った。

「それでは、中谷さんがあなたの家に呼び寄せるような人物について、心当たりはありませんか」

せん」


「ございません」

「中谷さんが他人《ひと》から殺されるような怨みを買うような心当たりはどうでしょう」

「ありません。彼は純粋に山を愛する、世間の汚れにまったく染まっていないような純真な人でした。私はそこに惹《ひ》かれたのです。他人の怨みを買うようなことは考えられません」


千尋はきっぱりと言った。

「これはお尋ねしにくいことですが、あなたには中谷さん以外に親しくしていた男性がいますか」

「このような仕事ですから、親しい男のお友達はおります。しかし、恋愛や結婚の対象にした男性は、雄太さん以外にはいません」

その言葉は額面通りには受け取れない。

これまでにも噂《うわさ》に上った男は何人かいる。だが、彼らはいずれも名の売れた俳優や歌手やスポーツ選手である。

犯行現場の状況から、犯人は被害者と顔見知りの者であったことが考えられる。

被害者は氏名千尋の帰宅を待つ間、犯人を彼女の自宅へ呼び寄せたのかもしれない。

千尋に確認をしてもらったところ、屋内から金品その他、失われたものはないということである。

金品目的の犯行ではない。また流しの犯行もほとんど考えられない。

鑑識課員による現場見分と並行して、刑事調査官（検視官）による検視が行なわれた。

検視の後、死体は犯罪死体とされて、司法解剖のために搬出された。

解剖の結果、死因は頭蓋骨《ずがいこつ》骨折に伴う脳挫傷。

凶器は金槌様の鈍器。

犯行時間は午前零時から約一時間と推定された。

赤坂署に設置された特別捜査本部において、初期捜査と解剖の結果を踏まえて、第一回の捜査会議が開かれた。

捜査会議での最大の議題は、殺人の動機である。

捜査本部の大勢は氏名千尋をめぐる三角関係と見ていた。

彼女の中谷以前の異性関係は、噂に上っただけでもかなり華やかである。水面下に隠れている関係も少なくないにちがいない。

「異性関係が華やかであれば、中谷一人を殺害しても意味がないのではないか」

という意見が出た。

「中谷は氏名千尋のハートを射止めて、一馬身抜いた。だから狙《ねら》われたのではないのか」

「それはおかしい。三角関係というものは、読んで字の通り、三人で成立する。先頭の馬を殺したところで、二位以下が混戦模様になっていれば、千尋がだれのものになるか予想がつき難《にく》いだろう」

「二位以下がどんぐりの背比べなら、三角関係は成立しないよ」

捜査会議の会場に馬とどんぐりの比喩《ひゆ》に失笑が湧いた。

「二位の馬がいれば三角関係は成立する。そんな馬がいるかな」

「最初から動機を三角関係に設定するのは危険だ。被害者が氏名千尋と婚約をした後では、被害者を殺したからといって、二位の者が浮上するとは限らない。むしろ千尋の反感を買う危険性が高い。犯行動機を氏名千尋とは無関係の中谷雄太の人間関係に探すべきではないでしょうか」

棟居は主張した。

赤坂署の畠山以下、数人がうなずいた。

被害者の人間関係は捜査の第一ポイントである。だが、この被害者が殺害されていた現場が、いまをときめく人気スターの自宅であったことが、事件に濃い染色を施している。

被害者は月収十万円の、二十七歳のフリーターである。

氏名千尋と婚約して一躍世間の注目を集めたが、それ以前はまったく無名の若者であった。

そんな人間を殺す動機として、まず考えられるのは氏名千尋との関係である。

犯行現場が千尋の自宅であったところからも、彼女の線を切り離すことはできない。

千尋の線であったとしても、被害者は犯人を室内に迎え入れている。

被害者にとっても顔見知りであったのであろう。

被害者の顔見知りではない者が、千尋の知り合いだと告げても、本人の不在中、その居宅に引き入れなかったであろう。

その日の捜査会議では明確な結論の出ないまま、被害者関係、千尋関係、現場関係の三点捜査を初期方針として決定した。

スターの肥料

1

高瀬湖畔白骨死体事件の捜査は膠着《こうちゃく》していた。旅館、山小屋、交通関係者、工事人等に広げた聞き込みの網にもめぼしい情報は引っかからなかった。

犯人は五年という歳月に隔てられている。

熊耳《くまがみ》は五年前、島岡太一《しまおかたいち》が失踪《しっそう》する以前の三俣蓮華《みつまたれんげ》山荘、雲ノ平《くものたいら》山荘、および湯俣《ゆまた》山荘（小屋）に宿泊した登山客、働いていた従業員の判明する限りを追った。

だが、これは大変な捜査であった。

夏の北アルプスには全国、また海外から登山客が集中する。彼らは山荘が備えつけた登山客名簿に住所、氏名を記入していたが、五年の間に住所を変えてしまった者も多い。

また従業員も一夏限りのアルバイトが多く、八方に散っていた。

熊耳はめげずに、判明した登山客と従業員の一人一人を追って、消していった。

犯人は島岡太一による売上金運搬コースと日程を事前に入念に調査して、待ち伏せていた。

山荘の内部事情に詳しい者の犯行にちがいないと、熊耳は睨《にら》んだ。

山男善人説の仮面を被《かぶ》って、一千万円の現金を強奪し、管理人と飼い犬の命を奪った憎むべき犯罪者である。

山岳警察官であった熊耳の兄は、遭難者の救援に向かう途上、二重遭難した。兄の跡を継いで山岳警備隊に入った熊耳は、山を汚した犯人を許せなかった。地の果てまでも追いかけて行くという執念を燃やして捜査に当たっている。

もともと下界の俗事を嫌って山岳警備隊を志したのであるが、自分が山の守りに就《つ》いているかぎりは、下界の犯罪は寄せつけないという自負があった。

この事件は熊耳の自負をひどく傷つけたのである。

五年以前の登山者と山荘従業員の行方を追っていた熊耳の意識に、東京で発生した殺人事件の報道が引っかかった。

「被害者は中谷雄太《なかたにゆうた》、どこかで聞いたような名前だな」

熊耳はつぶやいた。

「氏名《うじな》千尋《ちひろ》の婚約者ですよ。収入不定のフリーターが、いまをときめくスーパースターと婚約して話題になった……」

その方面の情報通である会田《あいだ》が言った。

「いや、もっと以前に彼の名前をどこかで聞いたような気がするんだよ」

熊耳は宙を睨んだ。

「中谷はかなりの山屋で、氏名千尋がロケ先の山小屋でアルバイトをしていた中谷を見《み》初《そ》めたそうですよ」

「それだ。それだよ」

熊耳は突然、大きな声を発した。

「それだよって、どうしたんですか」

「中谷雄太は五、六年前、三俣蓮華山荘で働いていたことがある。当時のアルバイトの中に彼の名前があったような気がするんだ」

「本当ですか」

会田の顔色が改まった。

熊耳は三俣蓮華山荘から領置した当時のアルバイト従業員の名簿を取り出した。

「まちがいない。中谷雄太、当時、東都大学の学生だった」

熊耳はリストの中の一人の名前を指さした。勤務年月は五年前の七月一ヵ月間となっている。つまり強盗殺人事件が発生した直前まで被害山荘で働いていた。

「熊《くま》さん、これはどういうことでしょうか」

会田の表情も緊張している。

売上金強盗殺人事件が発生する前に被害山荘でアルバイトをしていた人間が、殺害された。

しかも被害者の死体が発見されて三ヵ月後に殺されたということに因縁めいたものを

おぼえる。

「偶然かもしれないが、もし偶然でないとすれば……」

熊耳のおもわくが次第に膨張している。

「熊さん、中谷が殺された事件になにか関《かか》わりがあると考えているのですか」

会田が問うた。

「偶然とはおもうがね、どうも気になる」

「熊さんに気になると言われて、ぼくも気になってきましたよ。どうですか、東京に照会してみては」

「そうだな」

会田に勧められて、熊耳は乗り気になった。

2

長野県警大町署から照会を受けた赤坂署の南青山マンション、フリーター殺人事件の捜査本部は色めき立った。

被害者は五年前、すなわち山荘管理人が売上金運搬途上、強盗に殺害されて金を奪われた事件当時、被害山荘でアルバイトをしていたという。

「偶然の一致ではないのか。山荘管理人殺害売上金強盗事件とこちらの事件《ヤマ》とはなんのつながりもない」

照会を受けた直後のショックが鎮まると、無関係を主張する意見が台頭した。

「つながりがないかあるか、調べてみなければわからないだろう。うちの事件《ヤマ》の被害者が五年前、北アルプス山中で発生した強盗殺人事件の被害山小屋で働いていたという事実は見逃せないぞ」

と主張する者も少なくない。

棟居《むねすえ》も大町署からの連絡によって、両事件の関連性を疑っていた。

棟居は被害者を中谷と知ったとき、すでに大町の事件との関連性を連想していた。

強盗殺人事件の現場近くで、中谷とツーショットを撮影した上に、この夏、中谷と雲ノ平で再会したばかりである。

だが、棟居は中谷と個人的関わりを持っているがゆえに、二つの事件の関連性を妨げるネックに直面していた。

もし中谷が山荘売上金の強盗殺人事件に関与していたのであれば、被害山荘に氏名千尋と共に行かなかったはずである。

被害者の死体が発見されなければ、なに食わぬ顔をして行っても危険はないであろう。だが、島岡の死体が発見されたのは六月下旬、同じ年の八月下旬に被害山荘を訪れるのは、犯人の心理としては無理がある。

また中谷は収入不定のフリーターの看板に偽りなく、彼の身辺から強奪された山荘の売上金に見合うような大金は発見されていない。

大町署からの照会を受けた棟居は、氏名千尋に会いに行った。

彼女は中谷が殺されたショックで、数日仕事を休み、プロダクションが用意したホテルの一室に閉じこもっている。

中谷の死体が転がっていた自宅では、怖くて眠れないというのである。

千尋をホテルに訪ねて行った棟居は、

「八月下旬、あなたは中谷さんと一緒に雲ノ平へいらっしゃいましたが、あの旅行先はあなたが選んだのですか。それとも中谷さんが誘ったのですか」

棟居は問うた。

「どうしてこの夏、雲ノ平へ行ったことをご存じなのですか」

千尋は驚いたような表情をした。事件以後、少し窶《やつ》れたようである。

「週刊誌に載っていましたよ。もっとも私は週刊誌に載る前から知っていましたけれど」

棟居は言った。

「どうしてですか」

「もうお忘れかとおもいますが、雲ノ平山荘であなたと中谷さんとご一緒しました」

「あのときの……美しい婚約者を連れていらっしゃった登山者があなたでしたの」

千尋がようやくおもいだしたような表情をした。

「こんな形で再会するとはおもいませんでした。黙っていようとおもっていたのですが、これもご縁だとおもいます。中谷さんのことは心からお悔やみ申し上げます。個人的にも一日も早く犯人を挙げたいとおもっています」

「あのときご一緒した登山者が刑事さんとはおもいませんでした。本当にご縁があったのだとおもいます」

「最初の質問に返りますが、雲ノ平行きはあなたが計画したのですか、それとも中谷さんが……」

「雄太さんが私を誘ったのです。日本で最も美しい高原を見せたいと言って」

「それでは、中谷さんが言い出したことなのですね」

「そうです。私はそれまで雲ノ平という名前も知りませんでした。北アルプスの奥にあのような楽園があるのをこの目で見て、感激しました。だから雄太さんが死んだ事実が信じられません」

千尋は悲しみを新たにしたらしく、涙声になった。

「あのとき、あなたのお兄さんが北鎌《きたかま》尾根で遭難したお話をされましたね。それ以前に、中谷さんにも話しましたか」

「いいえ、あのときが初めてでした。自分でもなぜあのとき、あんな話をしたのか不思議です。きっと山に来て、兄のことをおもいだしたのでしょう。雲ノ平のあんな近くに兄が死んだ北鎌尾根があるとはおもいませんでしたわ」

「北鎌尾根の位置がどうしてわかったのですか」

「ヘリから雄太さんがおしえてくれたのです。北鎌尾根は自分も登ろうとおもっていたが、登り損なってしまったと言ってましたわ」

「登ろうとおもっていたが、登り損なった……」

その言葉の意味を棟居は測った。

棟居が北鎌尾根の遭難について触れたのは、あるおもわくが胸をかすめたからである。だが、中谷が北鎌尾根の位置を千尋におしえたのは、千尋から兄の遭難事件を聞く前であった。

中谷は本当に北鎌尾根を登ったことがないのであろう。

「中谷さんと知り合ったのはロケ先ということでしたが、それはどこですか」

「上高地《かみこうち》です。映画のロケで上高地に行ったとき、ロケ隊の宿舎の山荘で雄太さんが働いていました」

「中谷さんは五年前に三俣蓮華山荘で働いていましたが、そのことをあなたに話しましたか」

「聞きました。二年つづけて夏の間、三俣蓮華山荘でアルバイトをしていたと言っていました。だから、雲ノ平へ私を案内してくれたのだとおもいます」

「中谷さんがアルバイトをしていたころ、山荘の管理人が売上金を運搬する途上、強盗に襲われて殺害され、売上金を奪われたという事件が発生しましたが、中谷さんはその事件についてなにか言っていましたか」

「私は事件を報道で知りましたが、中谷さんはべつになにも言わなかったとおもいます」

「中谷さんは被害にあった山荘で働いていたのになにも言わなかったのは、おかしいとおもいませんでしたか」

「特におもいませんでした。あまり愉快な話題ではありませんから」

氏名千尋に会って、雲ノ平への旅は中谷の方から誘ったことが確かめられた。

中谷が管理人強盗殺害事件に関わっているとすれば、その死体が発見されて間もなく、雲ノ平へ千尋を誘うはずがない。

せっかくの大町署からの照会であるが、大町の事件と中谷が殺害された事件は無関係であろう。

「婚約者を失ってさぞお力落としとおもいますが、一日も早く立ち直ってください。あなたを全国のファンが待っていますよ」

棟居は帰り際に言った。

「有り難うございます。私はもう大丈夫です。明日から仕事に復帰します。個人的なことでこれ以上大勢の方に迷惑をかけられませんもの」

千尋は微笑《ほほえ》んだ。

そこにはまぎれもなくスター氏名千尋がいた。

婚約者の代わりはきくが、スターの座にはただ一人しか座れない。

彼女がその座に這《は》い上がるまでには、ライバルの累々たる死屍《しし》を踏まえている。

スターの座を獲得するためには、悪魔に魂を売り渡してもよいとおもった。

事実、魂を売り渡すに等しいことをして、ここまで這い上がってきたのであろう。婚約者の死によって、それを失うようなことがあってはならない。そんなことをすれば、中谷も、また一人のスターを生むために犠牲となった夥《おびただ》しいライバルたちも浮かばれないであろう。

千尋の微笑には、スターの貫禄《かんろく》としたたかさがあった。

彼女にとっては中谷も彼女を肥やすための肥料にすぎなかったのかもしれない。

殺意を孕《はら》む寝袋

1

氏名千尋《うじなちひろ》に会った後、棟居《むねすえ》の意識に蒔《ま》かれた種が次第に生長して茎を出し、枝葉を伸ばしている。

おもわくの枝葉が拡《ひろ》がるほどに、棟居は次第に圧迫を受けてきた。

いつもの思考パターンであるが、まだ統一された意識の樹形を取らず、枝葉が無統一に散乱している。それが意識を圧迫するのである。

氏名千尋に雲ノ平《くものたいら》で会ったとき、彼女は兄が北鎌《きたかま》尾根で遭難し、その死因に疑問があると言っていた。

兄は充分な装備を施して山に臨んだのにもかかわらず、彼の遭難死体が発見されたとき、寝袋がなかったという。

救援隊は遭難地点を中心に丹念に捜索したが、寝袋は発見されなかった。

千尋は何者かが兄から寝袋を奪ったと疑っているようであった。

もし兄の遭難地点に行き合わせた登山者が、まだ生きていた兄から寝袋を奪ったとすれば殺人である。

中谷雄太《なかたにゆうた》も生前、北鎌尾根を登りたいと言っていたそうである。

棟居はふと中谷殺しと、氏名千尋の兄の遭難が関連しているのではないかとおもった。

そんなはずはない。千尋と中谷は彼女のロケ先で偶然出会ったのである。

二人が出会う前に、千尋の兄の北鎌尾根遭難は発生している。

むしろ中谷の死因は、五年前の山荘売上金強奪管理人殺害事件との関連性の方が濃厚である。

しかし、氏名千尋に会って、当初疑われた関連性も希薄になってきた。

二件の関連性は薄れたとしても、三件の相互関連性はどうか。

二件は直接つながらないが、三件が間に一件を挟んで相互に関わり合うというケースはある。

棟居は氏名千尋に会った後、おもい立って三俣蓮華《みつまたれんげ》山荘経営者の伊藤正吉《いとうしょうきち》に会いに行った。

彼は山のシーズン以外は、新宿の自宅に帰って来ている。

電話をすると、伊藤は折りよく在宅していた。

伊藤の家の近くの喫茶店で会う約束を取り、指定された時間に赴くと、伊藤はすでに店に来て待っていた。

山の陽《ひ》に焼けた穏やかな風貌《ふうぼう》の伊藤は、精悍《せいかん》な山男というよりは、むしろ仙人のような雰囲気を帯びている。

峨々《がが》たる岩で鎧《よろ》った穂高《ほたか》岳や剣《つるぎ》岳と異なり、北アルプスの最深部三俣蓮華岳の優美な山容に似つかわしい山荘経営者のイメージである。

伊藤は棟居をおぼえていてくれた。

「今年の夏は私の山荘へお越しくださり、有り難うございました。あなたが刑事さんだとはおもいませんでしたよ」

と伊藤は再会の挨拶《あいさつ》をした。

「あの節はお世話になりました。おかげで久し振りに命の洗濯をしましたよ」

棟居は礼を言った。

「奥様はお元気ですか」

どうやら伊藤も勘ちがいしているらしい。

棟居は苦笑しながら、あえて否定をしなかった。

「ところで、今年の夏は氏名千尋さんと、彼女の婚約者と山で一緒になりましたが、婚約者が殺された事件はお耳に入っていますか」

棟居は本題に入った。

「もちろんです。テレビでニュースを見たとき、私もびっくりしました。棟居さんがその事件の捜査を担当しておられるのですか」

「そういうまわり合わせになりました。これもなにかの因縁かとおもいます。殺された婚約者は五年前に、三俣蓮華山荘でアルバイトをしたことがあるそうですね」

「そのことは、大町署の熊耳《くまがみ》刑事からも聞かれました。中谷さんが殺された事件は、やっぱり島岡の事件と関わりがあるのですか」

伊藤の穏やかな顔が少し緊張した。

「それはまだなんとも言えませんが、伊藤さんは氏名千尋さんの兄さんが六年前の冬、北鎌尾根で遭難した事件はご存じですか」

「氏名千尋さんのお兄さんが北鎌で遭難……すると、あの遭難者が彼女の兄さんだったのですか」

伊藤の面に驚きの色が塗られた。

「私もその話を彼女から雲ノ平山荘で聞いたのです」

「そうでしたか。あの遭難事件についてはよく知っていますが、遭難者が氏名千尋さんの兄さんだとは知りませんでした。遭難が発生したとき、島岡太一が最初に遭難者の死体を発見したのです」

「なんですって。島岡さんが遭難者……つまり、氏名千尋の兄さんを発見したのですか」

「そうです。彼はあの遭難が発生したとき、北鎌尾根の基地に当たる湯俣《ゆまた》の小屋の管理人をしていました。

遭難者を発見した島岡は、一人で遺体を搬出できないので、槍《やり》ヶ岳肩の山荘に救援を求めたのです」

「島岡さんが氏名千尋の兄さんを発見したということは、いま初めて知りました」

「あの遭難が、島岡の事件や中谷さんが殺された事件になにか関係があるのでしょうか」

伊藤が棟居の顔色を探るように見た。

「わかりません。伊藤さんは遭難者を発見した島岡さんから、なにか聞いたことはありませんか」

「べつになにも聞いておりませんが、そう言えば、ふと不審におもったことがあります」

伊藤が記憶を探るような表情をした。

「なにを不審におもったのですか」

「島岡があのとき北鎌を登ったことです。山小屋の管理人が小屋から離れて、なぜ北鎌尾根を登ったのか。

不審におもったので島岡に聞いたところ、前夜、湯俣の小屋に泊まった登山者が北鎌をやると言って出かけた後、天候が急変したので不安になり、様子を見るためにあとを追ったと言っていました。

そのときは島岡の答えに一応納得したのですが、島岡があとを追ったということは、北鎌を登った登山者がよほど心もとなくおぼえたからでしょう。

しかし、氏名千尋の兄は充分な装備をしていました。山歴もかなりのものだったと記憶しています。島岡が彼のあとを追ったのは、なにか他に不安な材料があったのではないのか。

私はそれを島岡に聞いたところ、彼は虫が知らせたのだと言いました。虫の知らせで、山小屋の管理人が自分自身の生命の危険を冒して、風雪の北鎌尾根を登って行ったのです。私もそれ以上は聞きませんでしたがね」

「すると、島岡さんは不安な材料を隠していたのかもしれないというのですか」

「私がおもっただけのことですが、そんな気がしました」

「島岡さんにはご遺族がいますか」

「息子がいますよ。夏は私の山荘で働いています。いまはオフシーズンで山を下り、大町の自宅で残務整理にあたっています。数日のうちに連絡事項があって上京して来る予定です」

「息子さんにぜひ会いたいのですが」

「上京したら、ご連絡しましょうか」

「お願いします」

棟居は島岡の息子が、伊藤を不審がらせた島岡の追跡登山の理由を知っているかもしれないとおもった。

その理由が、もしかすると島岡の強盗殺人事件や中谷殺しに関わってくるかもしれない。

棟居はしきりに予感をおぼえていた。

意識の中に枝葉を拡げたおもわくが、ざわめきながら予感を訴えている。

それから三日後、伊藤から連絡があって、島岡太一の息子泰《やすし》が上京して来たと伝えてきた。

棟居は早速、先日伊藤と会った喫茶店で、島岡泰と会うことにした。

「ああ、きみだったのか」

伊藤から島岡泰を引き合わされた棟居は言った。

氏名千尋を雲ノ平へ案内して来た三俣蓮華山荘の若者であった。

泰は精悍《せいかん》な表情のたくましい若者であった。

二年前に高校を卒業して、伊藤の許《もと》で働いているという。

夏は伊藤の経営する三俣蓮華山域の各山荘につめ、冬季は白馬山麓《さんろく》にある伊藤傘下のスキーロッジの管理をしたり、スキーのインストラクターをしているという。

「あの節はどうも失礼しました」

島岡泰も棟居をおぼえていた。

「実は、きみのお父さんが北鎌尾根で遭難した登山者の死体を発見したときのことについて、ちょっと聞きたいことがあるのだが」

棟居は言った。

棟居の用件はあらかじめ伊藤から聞かされていたとみえて、

「あの遭難事件については、父から聞いていました。しかし、父からだれにも話してはいけないと口止めされていたのです」

泰は言った。

「口止めされていた……となると、口外できないような事情があったようだね」

「父も半信半疑で、自信が持てなかったようです。だから、息子の私だけには話しましたが、なんの証拠もないことなので、他人《ひと》に話してはいけないと言っていました」

「なんの証拠もないというと……北鎌尾根の遭難者の死因についてですか」

「刑事さんがあの遭難事件に関心を持っているということは、もしかすると父の事件に関係があるのですか」

「それを確かめるために、きみに聞きたい。お父さんが口外してはいけないと言ったことは、どんなことだったのかな」

「父も死んだことだし、もう話してもいいとおもいます。

実はあの遭難が発生する前夜、父が管理していた湯俣の小屋から北鎌尾根に登って行った登山者がいるのです」

「その登山者が遭難したのではないのかね」

「ちがいます。遭難者はべつの登山者です」

「すると、お父さんはべつの登山者の死体を発見したというわけか」

「そうです。湯俣の小屋に泊まっていた登山者が出発した後、寝袋を忘れて行ったことに父は気がついたのです。

父は驚き、寝袋を持って登山者のあとを追いかけようとしたのですが、天候が急変したために一夜待って、翌日、その登山者を追いかけました。そして、べつの登山者の死体を発見したのです。

その登山者は寝袋を持っていませんでした。父は自分が追いかけた寝袋を忘れた登山者が、遭難した登山者の寝袋を奪ったのではないかと疑いました。寝袋を奪われた登山者は死ぬ以外にありません。

しかし、父は自分の憶測だけだから、父が追いかけた登山者が前夜、湯俣小屋に泊まったことはだれにも言ってはいけないと、私に言いました。刑事さんに話したのが初めてです」

泰は言った。

「そういう事情があったのか……」

また、胸のおもわくの枝葉が一段と拡がった。

当時、遭難者が寝袋を持っていなかったことに疑惑が持たれたが、島岡太一が黙秘していたために、前夜、湯俣小屋に宿泊した登山者が疑われることはなかった。

「それで、その登山者の素性はわかっているのかね」

「父は知っていたはずです。しかし、当時の登山客名簿はもう残っていません」

まがまがしい想像が棟居の胸に湧《わ》いた。

島岡は疑惑を黙秘したが、疑惑の登山者の素性については知っていた。

島岡と疑惑の登山者がその後、再会したとしたらどうか。もし登山者に疚《やま》しいところがあったなら、島岡の存在は彼にとって脅威であったかもしれない。

翌年の八月に、島岡は強盗殺人事件の被害者となった。

仮に、島岡に致命的な弱味を握られた登山者がその犯人であったとしたら、島岡を殺害してその口を封じ、山荘売上金を手に入れたのは一石二鳥の犯行であったことになる。

「その登山者が置き忘れて行った寝袋は、その後どうなったか知っていますか」

棟居は島岡泰に聞いた。

「ぼくが保管しています」

「きみが保管している」

「父が、もしかするとこの寝袋は重大な証拠品となるかもしれないと言って、保管していました。父が死んだ後、ぼくが自宅で保管しています」

「それは有り難い。ぜひその寝袋を見たい。もしかすると、当分の間、借りることになるかもしれない」

「どうぞ。どうせ私のものではありませんから。でも、その寝袋が、刑事さんが担当している事件となにか関係があるのですか」

「被害者は寝袋を置き忘れた登山者と同じ日に北鎌尾根を登って遭難した登山者の妹である氏名千尋さんの婚約者だった。氏名さんのお兄さんは寝袋を持っていたはずなのに、遭難現場周辺には寝袋が見当たらなかった。まわりくどい関係だが、我々としては事件に多少ともつながりがあると考えられる資料や情報は、すべて集めたい」

「すぐに寝袋を送ります」

棟居は、ふと連想した一石二鳥の犯行にこだわった。

氏名千尋の兄勝彦《かつひこ》から、その登山者が寝袋を奪い、事実上、勝彦を殺したのであれば、彼が置き忘れた寝袋は犯行の有力な間接証拠であると同時に、登山者の素性を手繰る手がかりになるかもしれない。

中谷殺しに関連するとすれば、中谷の人間関係の中に島岡を殺した犯人と、氏名勝彦を死に至らしめた登山者が潜んでいるかもしれない。

大町署の熊耳《くまがみ》も中谷との関連性は疑っても、氏名勝彦の遭難にまではおもい及ばなかったようである。

「刑事さん、その寝袋の所有者は、もしかすると父を殺した犯人ではないでしょうか。父は寝袋の主の顔を知っています。北鎌を登る前に、父が管理していた山小屋に泊まったのですから、父は彼の素性を知っていたかもしれない。父は氏名千尋の兄さんの遭難に疑問を持って、寝袋の主に直接問いただしたのかもしれません。

父の性格からして、自分の憶測だけなので、寝袋の主の素性についてはだれにも話さなかったけれど、父は本人に直接、事件の真相を確かめようとしたのではないでしょうか」

「お父さんはそのことについては、きみになにも言わなかったのですか」

「先に話したこと以外には、なにも言いませんでした。刑事さん、父を殺した犯人を一日も早く捕らえてください。犯人は父とショパンの命を奪っただけではなく、売上金を強奪して、その罪を父が発見されるまで父になすりつけたのです」

泰の口調には犯人に対する怒りがこもっていた。

島岡泰から意外な事実が浮かび上がった。

泰の父親の管理する小屋に泊まった寝袋を忘れた登山者こそ、氏名勝彦の死因に関わっているのではないのか。

棟居の意識のうちに根を生やし、幹を伸ばし、枝葉を拡げた推測は、次第に整った形を取りつつある。

2

中谷雄太の生前の人間関係の線からは、めぼしい人物は浮上しなかった。

中谷は定職というものを持っていなかった。夏山のシーズンには各地の山荘で働き、オフシーズンには高層ビルのガラス拭《ふ》きや、スポーツ用品店の臨時雇員、また冬にはスキー場でスキーのインストラクターや、各種アルバイトを転々としていた。

定職がないと、恒常的、定期的な人間関係が少なくなる。

生前の交友関係も一過性が多く、殺人の動機を培うような下地は見当たらない。

だが、臨時のアルバイトの山小屋で、氏名千尋のハートを射止めて婚約した。

一過性の人間関係でも、殺されるような怨《うら》みを買う可能性は充分にある。

棟居は、中谷殺害の動機が島岡強盗殺人事件や、氏名勝彦の遭難事件に連なっていれば、最近の人間関係は捜査対象外であると考えていた。

間もなく島岡泰から件《くだん》の寝袋が送られてきた。

有名なスポーツ用品メーカー製の羽毛入り極地用寝袋である。この寝袋があれば、北鎌尾根の風雪もしのげたかもしれない。

棟居は早速、その寝袋をメーカーに照会した。

だが、その製品は当初、極地用として開発したものを市販したところ、評判がよく、登山や冒険だけではなく、自衛隊、作業場、工事場等から、病院、一般家庭にまで広く普及して、国内だけでも約二万八千袋売れたそうである。

寝袋からその所有者を割り出すのは不可能となった。

仮に所有者が割り出されたところで、彼が中谷殺しに関わっていく保証はない。

3

中谷雄太が殺されたというニュースは、高原諒子《たかはらりょうこ》の耳にも達した。

氏名千尋の自宅で殺されたというのも衝撃的である。

かつて愛をおぼえ、中谷との将来を想像したことがあった。

中谷と氏名千尋との婚約が発表されたとき、心の奥にわずかな水脈《みお》を引いていた中谷との関係が、完全に終わったのを悟った。

だが、中谷が死んで、不思議な現象が生じた。

終わったとおもっていた中谷との関係が、わずかによみがえったように感じられたのである。

中谷はすでにこの世に存在しない。だが、彼の死をもって、彼との想《おも》い出が諒子に戻ってきたようにおもえた。

中谷との想い出が、彼の死によって贖《あがな》われた形である。

想い出が、彼の死後、諒子一人のものとして確保された。

もし兄と中谷が同行した剣岳登山で、兄が遭難しなかったならば、いまごろは諒子と中谷は結婚していたかもしれない。

兄の遭難以前、中谷は諒子の意中の人であった。

中谷の非業の最期を知った諒子は、心の中で終止符を打っていたとおもっていたはずの中谷の追憶が、依然として尾を引いていることに驚いた。

彼女は報道で知った中谷の最期の場所へ、誘われるようにやって来た。

現場は氏名千尋のマンションなので中へ入ることはできないが、せめて外からその外形だけでも自分の目で確かめてみたい。

確かめてどうということはないが、中谷が死んだという事実がいまだに半信半疑であったので、現場を見て、自分なりに心に決着をつけたかった。

中谷の死によって贖った形の彼の追憶であるが、その最期の場所を諒子の目で確かめることによって、追憶の亡霊に訣別《けつべつ》したい。

そうしないと、現在進行中の三村明弘《みむらあきひろ》との将来に影響を受ける。

報道された所番地を頼りに訪ねて来た南青山の現場は、青山通りから横路地へ入った住宅街である。

古い土地柄であるが、高騰する地価に一戸建ての家は次第に駆逐されて、高層マンションが増えてきている。

氏名千尋の自宅のあるマンションも、選ばれた入居者のステータスシンボルのように、高級マンションの立ち並ぶ一角に、それ自体が抽象美術の作品であるかのような、一際人目を引く設計と外観を誇っている。

決して住みたいとはおもわないが、金をかけたということが一目でわかるような高圧的な構造と、ワインレッドの外壁の表装は、訪問者に対する入居者の無言の威圧になっている。

建物だけではなく、その周囲に一億円ベルト地帯の土地を切り取って、たっぷりと駐車スペースを侍《はべ》らせている。

構内に停《と》めてある数台の車も、いずれも内外の高級車ばかりである。

玄関横には守衛室が軍隊の衛兵所のように訪問者に目を光らせ、セールスマンや好ましからざる者と守衛が判断した者は、ここで撃退してしまう。

守衛所をパスしても、入居者にドアをオープンしてもらわなければ館内に入れない。

諒子はもちろん中に入るつもりはない。建物の外周をまわり、マンションの所在を確認したただけで帰るつもりであった。

（あの人はこんなところで死んだのね）

現場を外からうかがった諒子は、なぜか悲しかった。

山をこよなく愛した中谷が、コンクリートで固められたような都会の真ん中で無惨な骸《むくろ》を横たえた。

中谷としては、どうせ死ぬなら、山で死にたかったのではないのか。

諒子の目には周囲のコンクリートの建物が、墓石のように見えた。

そのような目で見れば、都会はすべて夥《おびただ》しい墓石が集まった巨大な墓地のようである。

都会に成功の機会を探して集まって来た無数の人たちが、夢破れ、郷里へ帰るに帰れず、横たえた無念の死屍《しし》が累々と積み重なっている。

都会が墓地のように見えるのも、無数の破れた夢が化石となっているからであろう。

だが、中谷の夢は都会ではなく山にあった。未踏峰や未登攀《とうはん》のルートに初めての足跡を残すことに、中谷は夢を燃やしていた。

諒子の兄恭平も、死に後れた生命の燃焼を山に求めた。

山で燃やすべきはずの夢を、氏名千尋に出会って、逆玉ボーイなどと騒がれ、山男が下界へ下りたとき、コンクリートの街に死体を横たえなければならなかった。

可哀相《かわいそう》な男だとおもった。

だが、一方では、山男は山で死ぬべきではないという声も聞こえる。

山を愛する者は、そこを自分の墓地としてはならない。なぜなら、兄の恭平も、中谷も、また三村も山を楽しむ場所ではなく、挑戦の対象として据えていた。

山に挑み、より困難な条件を自らに課し、可能性の限界を押し進める山は、征服すべき敵であって、山での死は山男にとって敗北以外のなにものでもない。

だからといって、諒子には中谷の死が名誉ある死とはおもえない。

どんな動機から殺されたのかわからないが、彼の死には胡散臭《うさんくさ》いにおいが濃厚に漂っている。

山での死はとにかくとして、諒子は中谷に名誉ある死をあたえたかった。

マンションの一角をひとまわりして、ふたたび現場の前を通りかかったとき、マンションの玄関から一人の男が出て来た。

一瞬、その男と諒子の視線が合った。諒子ははっとした。初めて見る顔であったが、一瞬出会った視線に、中谷の目の色が想起された。

中谷だけではない。兄の恭平も三村も、ふと同じような色を目に塗ることがあった。いや、色ではない。においと言うべきかもしれない。

彼女は一瞬出会った未知の男の視線に、中谷や兄や三村が身辺にまぶしていた山のにおいを嗅《か》いだ。

中谷の追憶の尾を断ち切るために現場を見に来た諒子の心理が生んだ錯覚かもしれな

い。

男は諒子とすれちがって、反対の方角へ速い足取りで歩いて行った。その足取りにも見おぼえがある。

都会の歩道ではなく、山道を歩く山男の足取りに似ていた。

早足ではあったが、重い山靴を履かせたら、一歩一歩着実に高度を稼ぎ取って行く足取り。

すれちがって数メートル行ってから振り返った。同時に男も振り返った。

二人は少しうろたえるようにして、軽い会釈を交わした。

「もしかして、あなたは中谷雄太さんをご存じの方ではありませんか」

会釈を交わしたきっかけを捉えて、男が問いかけてきた。

「ええ、まあ」

諒子は曖昧《あいまい》に答えた。

「私はこういう者ですが、ちょっとお話をうかがいたいのですが」

男は懐中からちらりと黒い手帳を覗《のぞ》かせた。

諒子が山男と見誤ったのは、刑事であった。

考えてみれば、刑事も山男と一脈相通ずるところがある。

挑戦の対象を山から犯罪に変えて、犯人に着実に迫って行く。

悪を追及するまなざしと、犯人に肉薄する足取りが、山男のにおいと足取りに似ていたのであろう。

いまさら逃げるに逃げられない。

男は警視庁捜査一課の棟居と名乗った。

4

現場周辺の入居者たちの聞き込みを終えてマンションから出て来た棟居は、玄関に面する路上ですれちがった若い女性に、ふと意識が動いた。

未知の女性であるが、懐かしい雰囲気をおぼえた。

過去、どこかで出会っているような既知感、記憶の中にはないが、彼女の身辺に漂っている雰囲気におぼえがある。

そうだ、本宮桐子《もとみやきりこ》が帯びている雰囲気と相通ずると気がついたとき、振り返った。

相手も気にしていたとみえて、同時に振り返り、また視線が合った。

棟居はためらわずに声をかけた。

中谷雄太の関係者にちがいないという直感が走った。

桐子と相通ずる雰囲気をおぼえたのは、棟居の個人的な感覚であるが、そこから発して中谷雄太との関わりを直感したのは、職業的な反応である。

棟居のタイミングを捉えた問いかけに、相手の女性はうなずいた。

棟居が青山通りに面した喫茶店に誘うと、彼女は素直に従《つ》いて来た。

喫茶店で向かい合うと、女性は高原諒子と名乗った。

「失礼ですが、中谷雄太さんとはどのような間柄ですか」

棟居は問うた。

「兄の友人でした」

「お兄さんの……それで今日、中谷雄太さんが亡くなったマンションの前を通りかかったのは、偶然ですか、それとも近くになにかご用事があってですか。こんなことを突然お尋ねして申し訳ありません。しかし、あなたのご様子が、あの場所にご興味がおありのようだったので、つい声をかけてしまいました」

棟居は中谷と高原諒子がかなり濃厚な関わりがあったにちがいないと睨んでいた。

「お察しの通り、中谷さんが亡くなった現場が見たくて、やって来たのです。中谷さんが、まさかあんなことになるとは予想もしていませんでした」

諒子の顔色が曇った。

「お兄さんと中谷さんは、最近もおつき合いがあったのですか」

中谷の生前の人脈調査には、高原という名前は挙がっていなかった。

「兄は死にました。中谷さんと一緒に登った山で遭難して……」

「中谷さんと一緒に登った山で遭難した……そのお話を詳しくしていただけませんか」

棟居は少し居ずまいを直した。

高原諒子が語った中谷と諒子の兄の剣《つるぎ》岳山行における遭難は、棟居には初耳であった。

「そして、お兄さんが遭難されて、中谷氏一人生還したのですね」

「そのような結果になりました」

諒子は複雑な顔色をした。

それ以後、諒子と中谷は疎遠になったのかもしれないと、棟居は推測した。

だが、諒子が中谷が殺された現場を覗《のぞ》きに来たところを見ると、まだ未練が残っていたのかもしれない。

棟居は諒子から中谷との関係や、彼が同行した兄の遭難のいきさつを聞いて、連想したことがあった。

「お兄さんと中谷さんは遭難した剣岳山行のときだけ、一緒に登ったのですか」

「いいえ。兄と中谷さんは息の合った山仲間でした。ザイルパートナーと言うのですか。兄は生前、よく中谷さんと山に一緒に登って、険しい岩壁でザイルを結び合っていました。大学山岳部では物足りず、針峰《エギーユ》山岳会に所属して、二人はその中核メンバーでした。ヒマラヤにも一緒に行ったことがあります」

「つかぬことをうかがいますが、お兄さんは三俣蓮華山荘で働いたことはありますか」

「あります。エギーユ山岳会のOBが三俣蓮華山荘の経営者と親しいので、兄も何度か山荘でアルバイトをしていました」

「それでは、あなたは五年前、三俣蓮華山荘の管理人が売上金を運搬途上、強盗に襲われて殺害され、売上金を奪われた事件をご存じですか」

「知っています。あの事件の被害者となった島岡さんと、兄は親しくしていました。今年の六月、島岡さんの遺体が発見されたと新聞が報道していましたね」

「島岡さんが売上金を運搬途上、行方不明になったとき、お兄さんや中谷さんがどんな反応をしたかおぼえていますか」

「もう五年も前のことなので、よくおぼえていませんが、兄も島岡さんが行方を晦《くら》ました当初は、島岡さんが売上金を持ち逃げしたのではないかと疑っていたようでした」

「島岡さんが襲われた夏、お兄さんは三俣蓮華山荘で働いていたそうですが」

「その夏は兄は七月いっぱい三俣蓮華山荘で働き、八月はエギーユ山岳会の夏季合宿で、穂《ほ》高《たか》に入っていたとおもいます」

「ほう、穂高に」

「エギーユ山岳会がその年の冬、計画していたヨーロッパアルプスのアイガー北壁登攀《とうはん》に備えての合宿だと聞きました」

「その合宿には中谷さんも参加していましたか」

「参加していたとおもいます」

「そしてその冬、アイガー北壁を登攀したのですか」

「それが、兄は体調を崩して参加できませんでした」

「中谷さんはどうでしたか」

「中谷さんは登攀メンバーとして参加しましたが、その年の冬はアルプスは例年になく悪天候がつづき、途中の登山鉄道のトンネルから下山したそうです」

「お兄さんも中谷さんも、さぞ残念がっていたでしょうね」

「ヒマラヤで雪辱すると息巻いていました。遭難した剣岳の山行も、ヒマラヤ遠征計画に備えての訓練の一環でした」

「中谷さんだけ生還したことに、あなたはどうおもいましたか」

「べつに。兄は体調が悪いのに無理をして登ったために、遭難したのです」

諒子の口調が少し翳《かげ》ったように聞こえた。

「中谷さんが同行しながら、なぜお兄さんだけ遭難したのですか」

「剣岳の上部で兄が動けなくなったために、中谷さんが行動をつづけて、最寄りの山小屋にたどり着き、救援を求めたということです。救援隊が兄を発見したときは、すでに死んでいました」

「もし中谷さんがお兄さんにずっと付き添っていたら、お兄さんは助かったとはおもいませんか」

「いいえ。私はその場に居合わせませんでしたが、二人がずっと一緒にいたら、二人とも死んだとおもいます」

「体力を使い果たして動けなくなった友を見捨てるにしのびず、余力を残しながら友に殉じたという遭難例がありますね」

「山の遭難は一つ一つ状況や条件がちがいます。中谷さんは、共にいれば二人とも必ず死ぬとわかっていたので、わずかでも残されているチャンスに賭《か》けたのだとおもいます。中谷さんが山小屋にたどり着けば、兄にも生還のチャンスが生じます」

「たぶんそうだったのでしょう。お兄さんが遭難された後、あなたと中谷さんの間柄は変わりませんでしたか」

棟居は突っ込んだ質問をした。

「間柄と申しましても、直接のおつき合いではなく、あくまでも兄の友人でしたから」

諒子の口調が言い訳がましくなった。

「もしお兄さんが遭難しなかったなら、中谷さんは氏名千尋と婚約しなかったのではないでしょうか」

「それはどういうことでしょう」

諒子は問い返したが、その表情は棟居の質問の真意を理解しているようである。

「つまり、中谷さんはあなたに好意以上のものを持っていた。ところが、同行した登山でお兄さんを死なせ、自分一人が生還したことが負い目になって、次第にあなたから遠ざかって行ったのではないでしょうか」

棟居の穿《うが》った質問は、諒子の胸を衝《つ》いたようである。

「私は、私には、よくわかりません。中谷さんと氏名千尋さんの婚約を祝福していました」

「あなたの祝福を中谷さんは知っていましたか」

「その後、お会いする機会はありませんでしたから」

「あなたの祝福を中谷さんが知ったら、どうおもったでしょうね」

諒子の表情は複雑に揺れたが、答えなかった。

「今日は突然お引き止めいたしまして、失礼しました。後であなたに見ていただきたいものがあります」

「私に見てもらいたいもの……なんですか」

「寝袋です」

「寝袋？　だれの寝袋ですか」

「わかりません。あなたに見ていただきたいだけです」

北鎌尾根で遭難した氏名千尋の兄の死因と、遭難前夜、島岡太一の山小屋に宿泊した寝袋の主との因果関係は確かめられていない。

ましてや、島岡太一強盗殺害事件、および中谷殺しとはなんの関連も見つかっていない。

だが、中谷の生前、特に親しかった模様の高原諒子の兄が、強盗殺人事件の発生以前に三俣蓮華山荘で中谷と共にアルバイトをしていたという事実が、棟居の意識に引っかかった。

棟居の仮定であるが、もしその寝袋が高原諒子の兄のものであるとすれば、どういうことになるか。

諒子の兄は冬の北鎌尾根で氏名千尋の兄から寝袋を奪って、彼を死に至らしめた。

彼がそのような凶悪な山男であるなら、山荘の売上金を目的とした強盗殺人事件の犯人像として無理がない。

そして、その犯行をザイルパートナーの中谷に察知されていた。あるいは中谷も共犯者であったかもしれない。

だが、棟居のこのおもわくにはいくつかのネックがある。

諒子の兄が氏名勝彦の遭難の原因となったとしても、そのことを本人が洩《も》らすはずもない。

島岡太一が置き忘れた寝袋の主の素性を知っていたか探り出した可能性はあっても、我が息子にすら黙秘していた島岡が、中谷に告げたとはおもえない。

また、中谷が強盗殺人事件の共犯者だとすれば、むしろ諒子の兄の存在が中谷にとって脅威となったはずである。

ここで棟居は恐ろしい想像に行き着いた。

一連の事件の時間の経過に従っての配列は、

①氏名勝彦の北鎌尾根遭難事件（六年前十二月）
②島岡太一山荘売上金強盗殺人事件（五年前八月）
③高原諒子の兄と中谷の剣岳遭難事件（四年前十二月～一月）
④中谷雄太殺害事件（本年九月）

である。

中谷と諒子の兄が共犯者であれば、一方の死は自分の致命的弱味を知っている者の消滅を意味する。

剣岳の遭難が発生した時点では、まだ中谷と氏名千尋は婚約していないが、共犯者がそれぞれの脅威である事実には変わりない。

中谷はパートナーが動けなくなったのを奇貨として、共犯者の口を封じたのではないのか。

まさか、とはおもいながらも、風雪の中で他の登山者から寝袋を奪う人間であれば、パートナーを置き去りにできるだろう。

棟居は自分自身、山を愛する人間の一人として、そのまがまがしい想像を嫌悪した。嫌悪しながらも、忌まわしい想像はその不吉な翼を広げてくる。

翌日、棟居は高原諒子の勤め先であるスポーツ新聞社に寝袋を持って行った。

高原諒子はその新聞社の総務課に勤めているということである。

応接室で諒子に寝袋を見せると、彼女はしげしげと観察した後、

「兄の寝袋ではないとおもいます。兄の山の遺品は私が保存していますが、その中に寝袋もあります」

と言った。

「お兄さんの寝袋ではないのですか」

棟居はおもわず身を乗り出すようにして問い返した。

「ちがうとおもいます」

「例えば失った後、新たに買ったということはありませんか」

「さあ、そこまではわかりません」

「それでは、中谷さんの寝袋ではありませんか」

「知りません。中谷さんの寝袋を見たことがありませんので」

諒子は首を横に振った。

たとえ彼女が中谷の寝袋を見たことがあったとしても、大量に出まわっている同一タイプの製品なので、中谷の寝袋と固定することはできない。

「この寝袋がどうかしたのですか」

諒子は問い返した。

棟居は束《つか》の間《ま》思案した後、氏名勝彦の遭難のいきさつを話した。

「すると、この寝袋の主が氏名千尋のお兄さんの寝袋を奪った疑いがあるというのですね」

「憶測にすぎませんが。そして島岡太一さんもそのように疑っていたようです」

「島岡さんも中谷さんも死んでしまいました。刑事さん……もしかして、刑事さんは……」

諒子がはっとしたような表情をした。

「私は捜査に必要な情報を集めているだけです。中谷さんが殺されたのは、お兄さんが亡くなった後です」

「でも、でも、兄が遭難したのは、氏名千尋のお兄さんが遭難したのと、島岡さんが殺された後です。もし複数の犯行だったとすれば……」

高原諒子も棟居と同じような推測をしたらしい。

5

高原諒子に出会った後、棟居はエギーユ山岳会の会長、安田知明《やすだともあき》を訪問した。

エギーユ山岳会は日本で最も尖鋭《せんえい》な社会人登山団体で、会員には世界的なクライマーを集めている。

会の目標を岩壁登攀に据えて、穂高岳、剣岳、谷川岳のバリエーションルートを開拓した。

ヨーロッパアルプス、ヒマラヤにもその足跡は及んで、アルプス三大北壁やエベレストの最も険悪な未登攀ルート南壁をアタックした国際登山隊にも会員を派遣した。

ヒマラヤの恐怖の峰と呼ばれる取りつき点から頂上まで、終始垂直の氷壁で武装したアグリヒマールを、エギーユ山岳会独力で攻略するという壮挙を達成して、世界の山岳界を驚かせた。そのとき、登山隊長を務めたのが安田知明である。

安田は都下町田市で、「ケルン」という喫茶店を経営している。

ケルンはエギーユ山岳会の事務所であると同時に、アルピニストのサロンでもある。山小屋を模した屋内は、疑似暖炉を中心に木の素肌を生かした床と壁と天井が落ち着いた雰囲気を醸《かも》し出している。

ランプを模した照明が、柔らかな光を投げかけている。

壁には日本アルプスやヨーロッパアルプス、ヒマラヤの、店主が撮影した写真が掲示され、ピッケル、ザイル、カラビナなどの山道具がアクセサリーに飾られている。

山の写真の中には、会員たちによる登頂記念撮影もあった。

峨々《がが》たる氷壁を背景にして、山の陽に焼けたクライマーたちが写っている。

棟居は被写体の中に中谷の顔を見つけた。

クラシックの名曲が、会話の邪魔にならない程度にバックサウンドとして流れている。

屋内には香り高いコーヒーのにおいがこもっている。

カウンターでコーヒーを淹《い》れていた口髭《くちひげ》を生やした男が、安田知明であった。

棟居の訪問はあらかじめ伝えてあった。

彼は棟居のためにコーヒーを淹れてくれた。コクのある香り高いうまいコーヒーである。

一喫した棟居は、その芳醇《ほうじゅん》な味に驚いた。このコーヒーに惹《ひ》かれて、アルピニストだけではなく、コーヒー好きが集まって来るであろう。

十数坪の店内にはカウンターとテーブルが数脚、フロアの中央に十人前後は座れる円卓が配されている。数組の客がそれぞれの位置にほどよく座を占めて、楽しげに語り合ったり、一人で寛《くつろ》いでいたりする。

混みすぎもせず、寂しすぎもせず、客の数もほどよかった。

二人は客の合間を縫って、店の一隅に向かい合った。

初対面の挨拶を交わした棟居は、

「よいお店ですね」

と世辞を言った。

「有り難うございます。おかげさまでご贔屓《ひいき》のお客さんがよくいらっしゃってくださいます」

と安田は答えた。

そのマイルドな風貌と謙虚な物腰から、内外の困難な山に初めてのルートを開拓し、日本のアルピニズムを世界的に押し上げた挑戦的な激しさは感じられない。

「本日は少々おうかがいしたいことがございまして、突然お邪魔しました」

「どんなことでしょう。山のことではあまりお役に立てないかもしれませんが」

「その山のことです。以前エギーユ山岳会の会員であった中谷雄太さんと高原恭平さんについて、少々おうかがいしたいことがありまして」

「中谷君の事件は驚きました。彼がまさかあんなことになろうとは、夢にもおもっていませんでした。高原君と並んで我が会の中核的なメンバーでしたので、残念です。中谷君の事件の捜査ですか」

「それもあります」

「すると、中谷君の事件と高原君と、なにか関わりがあるということですか」

安田は先まわりした。

「そこまで考えてはいません。中谷さんと高原さんはよい山仲間だったそうですね」

「息の合ったザイルパートナーでしたよ。会を築いた重要山行でザイルを結び合った仲です」

「たしか高原恭平さんが剣岳で遭難したときも、中谷さんと一緒でしたね」

「そうそう、そうでした。中谷はあの事件でひどく責任を感じていました。一時、退会届を出したのですが、そんなことをしてもなんにもならないと、私が慰留しました。むしろより充実した山行をつづけることが、高原君の供養になると、彼を説得しましたよ」

「高原さんが剣岳で遭難する前年の夏、高原さんと中谷さんは穂高の合宿に参加したそうですね」

棟居は本題に入った。

彼らが穂高合宿に参加していた時期、島岡太一強盗殺人事件が発生したのである。

「いえ、二人は参加しませんでしたよ」

安田は否定した。

「参加しない……そんなはずはありません。高原諒子さん、高原さんの妹さんから、兄さんがその年の夏、合宿に参加したと聞きましたが」

「それは妹さんの勘ちがいではありませんか。高原君も中谷君もバイトの都合がつかないということで、穂高の涸沢《からさわ》合宿には参加しませんでした。その年の年末から正月にかけて、高原君が剣で遭難したのも、合宿不参加による身体の調整不足が遠因ではないかと、ぼくは考えています」

安田は意外なことを言った。

「参加しなかった」

高原の妹が嘘《うそ》をつくとは考えられない。

とすると、諒子の勘ちがいか、あるいは高原と中谷の二人が彼女に嘘をついていたことになる。

前後して強盗殺人事件が、同じ北アルプス山域で発生したのである。

だが、安田は二人の合宿不参加と、強盗殺人事件とを結びつけてはいないようである。

山を愛し、山仲間を信ずる安田には、そういう発想がまったくないのであろう。

「いやなことをお尋ねしますが、中谷さんが殺されるような怨みを買われたことはなかったか、なにかお心当たりはありませんか」

「心当たりはありませんが、彼が氏名千尋と婚約したとき、いやな予感がしました」

「いやな予感といいますと」

「山男と人気タレントでは住む世界がちがいます。山男は必ずしも山女と結婚するわけではありませんが、山に登ることを生き甲斐《がい》としている山男と人気芸能人では、しょせん水と油ですよ。

収入にしても百対一とか、千対一と言われたほどです。彼が氏名千尋と結婚して、山行費用を彼女に出してもらったら、これはもう山男ではない。ザイルに命を託して山を登るのではなく、紐《ひも》にぶら下がって登ることになります。山で遭難する前に、すでに堕落していますよ」

安田の柔和な目が、薄い憤りの色を帯びたようである。

「安田さんは中谷さんが殺された動機は、氏名千尋関係と見ていますか」

「そうに決まっています。山男が氏名千尋から見初められたときから悲劇は始まっていたのです。氏名千尋には中谷君と婚約する前から、浮いた噂《うわさ》がずいぶんありました。彼女を奪われて、怨んだ人間の犯行でしょう」

「これは仮定の上の推測ですが、犯行動機を山岳関係に探すのは見当外れでしょうか」

棟居は遠まわしな聞き方をした。

「私は山男善人説を盲信する者ではありませんが、山仲間の中に犯人がいるとは考えられませんね。氏名千尋と婚約する前は、収入不安定のフリーターですよ。そんな人間を殺してなんになるのですか。彼は山男というよりは、雲表の男です。地上に足が着いていない。

下界に下りて来るのは、山に登るための費用を稼ぐためです。つまり、下界には彼の生活はないのです。下界にいるときは、山に登るための準備期間で、仮の姿にすぎない。そんな男を殺してもなんにもならない。

しかし、彼は氏名千尋と婚約したことによって、下界の鎖に縛りつけられてしまいました。下界の紐と言うべきかもしれませんね。仮に山へ登ったとしても、下界の紐つき登山です。彼を殺した犯人は、下界の紐を伝って来たにちがいありませんよ」

安田は断言するように言った。

安田自身、喫茶店の経営者としての姿は、山へ登るための仮の姿にすぎないのかもしれない。

「高原さんに話を戻しますが、彼はどんなタイプの山男でしたか」

棟居は質問の鉾先《ほこさき》を転じた。

「もし彼がいま健在であれば、会を率いる推進力となっていたでしょうね。岩を登るために生まれてきたような天賦のバランス感覚を持っており、その根性と闘魂《ファイト》は抜群でした。

夏山合宿不参加の後れを取り戻そうとして、体調不調のまま無理押ししたのが遭難の原因ではないかとおもっています」

「日本の山岳界のためにも惜しい人材を失ったとおもいます。しかし、それほどのクライマーでしたら、自己の経験と力量に対する過信があったのではないでしょうか」

「それはあったかもしれませんね。日本の悪名高い岩場を次々に征服して、多少の驕《おご》りがあったかもしれません。彼には山に対する情熱にちょっと変わったところがありましたから」

「ちょっと変わったところといいますと……」

「彼は若いくせに、生きすぎたというのが口癖でした。戦いこそ、男が最も生命を燃焼させ、充実しているときだと言って、戦国時代や戦時中に生まれ合わせなかったことを、しきりに悔しがっていました。

彼にとっては、山は戦うべき対象であり、敵の代わりだったのです。戦争がないので、やむを得ず山に登っているという感じでした。彼は山を愛しているのではなく、憎んでいたようでした。登攀《とうはん》対象が困難であればあるほど、敵意を剝《む》き出しにしていました。

高原はクライムの天才でしたが、彼の登山スタイルはいつか死に結びつくのではないかと危惧《きぐ》していました」

棟居は安田の語る高原の人間像と、強盗殺人事件の犯人像との間に共通点を模索していた。

戦争に憧《あこが》れ、生まれる時代をまちがえたと嘆き、山を戦うべき敵としていた高原が、山荘の売上金を運搬する管理人に照準を据えなかったであろうかと、おもわくをめぐらした。

これは推理の飛躍だ。高原と島岡を結びつけるものは、高原が三俣蓮華山荘でアルバイトをしていたことだけである。

同山荘で働いた者は多数いる。中谷と親しかったとしても、中谷が殺された数年前に、高原は遭難死している。

「もう一つお尋ねしますが、高原さんと中谷さんが冬季北鎌尾根を登ったことはありますか」

棟居は問うた。

「夏は何度か通っているとおもいますが、冬登ったという話は聞いていませんね。少なくとも会の活動としては、冬の北鎌は登っていません」

「六年前の冬、一人の登山者が北鎌尾根で寝袋を持たずに露営《ビバーク》して、凍死しましたが、その事件をご存じですか」

「そんな遭難があったことは聞いていますが、詳しくは知りません」

「その遭難者が氏名千尋のお兄さんだったそうです」

「ほう、氏名千尋の兄さんは、冬、単独で北鎌をやるほどの登山家だったのですか。それにしては、寝袋を持たずに北鎌を登るとは、無謀だな」

「それが、他の登山者に寝袋を奪われたのではないかという疑いがあるのですが、そんな噂を聞いたことはありませんか」

「寝袋を奪われた……山を登る人間に、そんなやつがいるとはおもいませんね」

安田は知らなかったらしい。

一通りの質問を終えた棟居は、壁の写真に目を転じた。

「あの写真の中に、高原さんは写っていますか」

「ここに写っていますよ。中谷君と肩を組んで」

安田はどこかの山頂らしいケルンのかたわらで、三人が肩を組んでいる写真を指さした。

目の細い、頬《ほお》の削《そ》げた、いかにも精悍な風貌をした若者である。右の眉《まゆ》が刃物で切られたように中央で分離しているのが目立つ。

「これは滝谷《たきだに》登攀中、落石を受けた傷痕《きずあと》ですよ」

安田が説明した。

蒙古《もうこ》の未踏峰を初登攀したときの記念撮影だとつけ加えたが、棟居は山の名前をおぼえられなかった。

そのとき学生風のグループが入って来て、ほぼ満席になった。

棟居はそれを潮時に立ち上がった。

6

安田知明を訪ねて、五年前の夏、中谷雄太と高原恭平はエギーユ山岳会の穂高合宿に参加していなかったことがわかった。

二人は合宿に参加すべき期間を、どこで、なにをしていたのか。もはや二人に聞くことはできない。

高原諒子が嘘をついたか、勘ちがいしたとはおもえない。

棟居の意識には、生まれ合わせる時代をまちがえたと嘆く好戦的な若いアルピニストが、平和な時代に鬱積《うっせき》した危険なエネルギーを山荘売上金の奪取に振り向けた構図が描かれつつあった。

高原と中谷が共謀して島岡を襲ったと仮定する。

犯行に成功した後、高原の遭難は共犯者にとっては勿怪《もっけ》の幸いであったであろう。なんの不自然さもなく、共犯者の口を封じられる。

高原が不調で動けなくなったとき、同行した中谷の意識にそんな計算が働かなかったか。

仮に、中谷が高原を置き去りにしたとしても、中谷の殺害動機を強盗殺人事件の共犯までさかのぼるとすれば、中谷を殺した犯人がいなくなってしまう。

もしかしたら、島岡太一襲撃には三人の共犯者がいたのではないのか。

複数の共犯者を二人に限定しなければならない理由はない。

高原と中谷の穂高合宿の不参加が、にわかに山荘売上金強盗殺人事件に接近してきたが、接近した分だけ遊離したのが、氏名勝彦の北鎌尾根遭難である。

棟居は氏名勝彦の遭難も、一連の事件と関連性を持たせたがっている。

寝袋の主が遭難前夜、島岡太一の小屋に泊まった事実が、意識にしこりのように張りついて離れない。

棟居は島岡泰から提供された寝袋を、大町署の熊耳刑事に見せようとおもった。

本来は大町署の方で領置すべき品であったかもしれない。

大町署がそれを領置しなかったのは、熊耳以下が売上金強盗殺人事件と北鎌尾根の遭難を結びつけて考えていない証拠である。

遭難地点を管轄区域に抱える地元署であれば、寝袋から両事件の関連性を引っ張り出してくれるかもしれない。

形見の〝異品〟

1

棟居《むねすえ》と出会った高原諒子《たかはらりょうこ》は、彼の口調が気になった。

彼はなぜ寝袋を諒子に見せたのか。寝袋の由来を語ったが、棟居は兄を氏名勝彦《うじなかつひこ》の寝袋を奪った犯人と疑っているのであろうか。

彼女は帰宅すると、兄の遺品である寝袋を引き出した。一見して棟居が示した寝袋とは材質、形状、メーカーも異なっている。

生まれる時代をまちがえて、しかたなく山を登っていた兄が、山に飽き足りぬ暗い情熱を、山荘売上金強盗に振り向けたのではないのか。

諒子は事件が発生した当時の兄の様子をおもいだそうとした。

すでに四年以上（五年近く）経過しているので、記憶が曖昧《あいまい》になっているが、あの当時は、兄はかねて欲しがっていた山道具を買い整えたような気がする。

エギーユ山岳会が企画しているヒマラヤ遠征に向かって、一人百万の個人負担金を用意する必要に迫られていた。

またヒマラヤに登るために、最新の登山用具を揃《そろ》えなければならなかった。

それが事件が発生した後、兄は個人負担金の手当てもできて、登山用具も買い整え、ヒマラヤ行きの準備が整ったと、嬉《うれ》しそうに言っていた。

兄の遺品を調べている間に、諒子は重大な事実に気がついた。

寝袋は事件の後に兄が買い揃えた山用具のうちの一つである。棟居が示した寝袋は、強盗殺人事件の発生する以前のものである。

兄は山用具を買い替えたとき、古い山用具をどこへやってしまったのか。

彼女が兄の遺品として保存しておいた山用具は、ほとんどすべて事件発生以後買い替えた品であった。

その後、三村明弘《みむらあきひろ》とは時どき会っていた。

三村は三年前に契約社員として入った通信販売関係の雑誌出版社に居ついて、最近、正社員になったということである。

諒子は三村に棟居と出会ったことを伝えた。

「刑事の様子では、高原を疑っていたようだったのかい」

「兄が三俣蓮華山荘でアルバイトをしていたことを気にしていたようだったわ」

「その刑事もどうかしているんじゃないのか。三俣蓮華山荘で働いていた者はいくらでもいる。おれも一度、バイトしたことがあるよ。あそこは山男の稼ぎ場なんだ」

「寝袋を見せられたわ。見おぼえはないかと」

「そんな寝袋はゴマンと出まわっている。気にすることはないさ」

三村は笑い捨てたが、棟居との出会いは諒子の胸に疑惑の雲を拡げている。

「そんなことを気にしていないで、秋の連休にどこか山へ登らないか」

三村が誘った。

「山へ……」

「穂高か白馬か、そうだな、中央アルプスもいい。まだ根雪の来る前の薄化粧の山を二人で登ってみないか」

諒子の瞼《まぶた》に新雪の薄化粧を施した山の姿が描かれた。

三村の意図はわかっている。山を目的にした山行ではない。

彼の好意はわかっている。この山旅への誘いは、彼のプロポーズである。同行の承諾は、プロポーズを受けることを意味する。

三村は中谷が去った後の諒子の空虚に、いつの間にかすっぽりと入り込んでいた。

三村は嫌いではない。諒子の前に三村は中谷と並び立っていた。だが、三村は中谷ほど積極的ではなかった。

中谷が大胆に諒子に迫って行く姿に、彼の背後からいくぶん悔しげなあきらめの色を塗った視線を向けていた。

二人の性格のちがいは、山の登り方にも表われていた。

中谷は戦闘的で瞬発力に優れていたが、三村は諸事慎重で、持続力に勝っている。

中谷はアクロバティックな華やかなクライムをしたが、三村は一歩一歩ホールドスタンスを確かめて、着実に高度を稼いだ。

兄の恭平《きょうへい》も中谷の方と馬が合ったらしく、彼を第一のザイルパートナーとし、三村を補助的なパートナーにしていたようである。

中谷が死んで、諒子の意識ににわかに三村の存在がクローズアップされてきた。

こんなとき、中谷ならば山へ誘うような迂遠《うえん》なプロポーズはせず、はっきりと意思表示をするであろう。

「ザイルパートナーとしては三村の方が安全確実だ。だが、彼はなにを考えているのかわからないようなところがある」

と恭平が言ったことがあった。

中谷亡き後、三村に肉薄されながらも、最終的な承諾をあたえていないのは、兄の言葉が諒子の意識にブレーキをかけていたからである。

兄の言葉に盲従しているわけではない。諒子自身も、三村をすでに愛しながらも、一《いち》抹《まつ》の不審を抱いていた。

不審の原因はよくわからない。しいて言うなら、女の勘が三村の人間性に警戒信号を発しているのかもしれない。

諒子には三村が、中谷が死ぬのを凝《じ》っと待っていたような気がしてならない。

中谷が死んで、初めて自分の出番がまわってきたかのように諒子に接近して来た。

つまり、三村は中谷が死ぬのを予知していたような気がするのである。

するとと、三村が中谷を……まさか、と諒子は自分の危険なおもわくを激しく否定した。諒子を獲得するのが目的であれば、中谷を殺す必要はない。

恭平の遭難以後、中谷は諒子から遠ざかって行った。そして、氏名千尋と婚約することによって、諒子を完全に放棄したのである。

「私に山が登れるかしら」

諒子は三村の意図を察知しながら問うた。

「十一月の末は山の天候が最も安定している時期だよ。天気にさえ恵まれれば、きみも三千メートルの稜線《りょうせん》に立てるよ」

「行ってみようかしら」

諒子はおもわせぶりな返事をした。心がだいぶ傾いている。三村との関係をいつまでも宙ぶらりんの状態に置くことはできない。

「ぜひ行こう。きみが登りたい山があったら言ってくれ。どこでも連れて行ってやるよ」

「北鎌《きたかま》尾根は無理かしら」

「北鎌尾根……槍《やり》ヶ岳の北鎌尾根のことかい」

一瞬、三村がぎょっとしたような表情をした。

「そうよ。槍ヶ岳以外にも北鎌尾根ってあるの」

「いや、北鎌尾根、東鎌尾根、西鎌尾根は槍ヶ岳から派生する尾根だ。しかし、北鎌尾根はちょっときみには無理じゃないかな」

「そんなに難しいところなの」

「険しい岩場の連続で、北アで最も厳しいコースと言われている。まして積雪期となると、初心者には無理だよ」

「北鎌尾根を見るだけでもいいのよ」

「だったら、一般コースから槍ヶ岳に登って北鎌尾根を見下ろすといい。しかし、どうして北鎌尾根なんかに行きたがるんだい」

「中谷さんが以前、連れて行ってくださると言ったのよ」

諒子は嘘《うそ》をついた。棟居から聞いた氏名千尋の兄の遭難した現場に関心を持ったのである。

「きみはまだ中谷の死にこだわっているのか」

三村の口調が少し改まった。

「べつにこだわってなんかいないわ。中谷さんが連れて行ってくれると約束したところなら、三村さんもよく知っているコースだとおもったのよ」

諒子はさりげなく二人の対抗心を煽《あお》った。

「きみがそんなに行きたいのなら、行けるところまで行ってみよう」

結局、初心者には北鎌尾根の完登は無理だと三村に説得されて、湯俣《ゆまた》山荘から水俣《みずまた》川をさかのぼり、千丈沢《せんじょうざわ》と天上沢《てんじょうざわ》の合する千天出《せんてんで》合《あい》から千丈沢沿いに宮田《みやた》新道を伝い、千丈沢乗越《のりこし》から西鎌尾根に出て槍ヶ岳山荘に至るコースにした。

これならば特に危険な箇所もなく、三村がリードすれば諒子でも槍ヶ岳まで行けるであろう。

「このコースならば危険もないし、初心者でも充分登れるよ。それに北鎌尾根が指呼の距離に見える」

プロポーズが意外な約束手形を切る結果となった。

2

山荘管理人殺人事件の捜査は進展しなかった。

中谷雄太殺害事件との関連も発見されない。中谷の事件の捜査が進展していれば、その方面からあるいは新たな風穴が開くかもしれないという淡い期待も外れてしまったようである。

捜査が壁に打ち当たったとき、警視庁の棟居刑事から連絡がきた。

棟居が着眼した寝袋は、直接には熊耳《くまがみ》の担当事件には結びつかない。

だが、熊耳の心をそそるものがあった。

彼も、六年前の北鎌尾根の遭難事件はおぼえている。彼自身、遭難者の収容に当たった。

当時、岳界から無謀な登山と批判されたが、遭難者の遺族の話によると、寝袋は携行していたという。

だが、現場周辺をいくら捜索しても、寝袋は発見されなかった。

遭難者が遺族の主張する通り、寝袋を携行していたとすれば、凄《すさ》まじい風雪に吹き飛ばされたと考えられた。

同じ時期、島岡太一が管理していた湯俣山荘に、寝袋を置き忘れて行った登山者があったことは見逃せない。

だが、当時、そのような情報は熊耳の耳に入っていない。

島岡は自分の推測にすぎないので、疑惑を自分一人の胸の内に閉じ込めていたのであろう。

しかし、島岡太一が管理していた山小屋に置き忘れられた寝袋と、前後して発生した寝袋を持たない遭難者の符合は無視できないような気がした。

しかも、その遭難者は東京で殺された中谷雄太の婚約者氏名千尋の兄であるという。

棟居が見過ごせなかった以上に、熊耳はこの一連のつながりが気になった。

捜査が膠着《こうちゃく》しているときは、捜査本部にへばりついている必要はない。熊耳は署長の許可を得て、東京へ出張して来た。

なによりも棟居が領置したという寝袋を見たい。

棟居は電話口でこちらから寝袋を持参しようかと言ってくれたが、忙しい東京の刑事にわざわざ長野まで寝袋を持って来させるのは心苦しい。

見たいのは当方である。熊耳は恐縮して、こちらから出向くことにした。

赤坂署に着くと、棟居が待ちかねていた。すでに顔馴染《なじみ》になっているので、初対面の違和感はない。

棟居自身が山へ登ると聞いて、熊耳は親近感をおぼえていた。

「わざわざご足労いただいて恐縮です」

棟居は申し訳なさそうに言った。

「とんでもない。よい情報をおしえてくださって有り難くおもっています。

それにしても、さすがは警視庁捜査一課ですね。目のつけどころがいい」

熊耳はお世辞でなく言った。

「この夏、休暇で雲ノ平へ行ったとき、氏名千尋さんの案内をして来た島岡さんのご子息と会いましてね、彼から父親が保管していた登山者の遺留品である寝袋のことを聞いたのです。寝袋の主が湯俣山荘に泊まった日が遭難前日であったのが気になりましてね」

棟居は熊耳の前に、カバーにまるめてパックされた寝袋を差し出した。

カバーにはショルダーバンドが取りつけられていて、そのまま背負えるようになっている。一見、ナップザックのようである。

棟居はファスナーを開いて、カバーの中から寝袋を取り出した。

「これはなかなか上等な寝袋ですね。保温性がよくてかさ張らず、しかも軽い」

熊耳は寝袋を点検しながら言った。

「氏名千尋に寝袋を見せて確かめたところ、兄のものではないということでした」

「遭難者は前夜、湯俣小屋には泊まっていません。彼が基地にしたのは、当時無人の千天出合の小屋と推測されています。この寝袋が遭難者の寝袋でないことは確かですよ」

「この寝袋の主も島岡太一さんに北鎌尾根を登ると言っていたそうです。彼が進路を変更しない限り、寝袋を持たずに北鎌尾根を登ったことになります」

北鎌尾根の上部に達したところで天候が急変し、寝袋を持った登山者と寝袋を持たない登山者が遭遇したとする。そこに重大な疑惑が発生するのである。

「置き忘れられてあったときはカバーにパックされていたのですね」

「そのように聞いています」

「ふといまおもいついたのですが、登山者はなぜそんな重要なものを忘れたのでしょうかね」

熊耳の目が薄く光った。

「ついうっかりしたとは考えられませんね。冬山に登るのに、寝袋を忘れるのは致命的ですよ。ベテランの登山家には考えられないことです」

「もしかして、寝袋の主はなにかとまちがえたのではないでしょうか」

熊耳の底光りをする目が宙を探るように見た。

「まちがえた……」

棟居がはっとした表情をした。

「そうです。たまたま寝袋ザックが置かれているそばに、似たようなザックが置いてあったとしたらまちがえる可能性はありますよ」

「そうか、そういうことも考えられますね。寝袋の主は悪天候に巻き込まれ、寝袋を使う段になるまでまちがえたことに気がつかない」

「問題は寝袋のそばに同じようなザックがあったかどうかということですね」

「それはいまとなっては確かめる術《すべ》はありません。……いや、ちょっと待ってくださいよ。ごくわずかな確率ですが、見込みがあるかもしれない」

「どんな見込みですか」

「六年前の住所、氏名もわからない登山者がまちがえたかもしれない品ですよ。寝袋となにかをまちがえた登山者の身になってください。彼は悪天候を避けようとしてビバークを決意し、寝袋を取り出したとします。ところが、寝袋と信じていたものが寝袋ではなかったとします。彼はさぞ動転したことでしょう。そのとき、寝袋とまちがえた品をどうしたでしょうね」

今度は棟居が熊耳の表情を探った。熊耳も棟居のおもわくを探り返すように見た。

「慌てふためいた登山者が、まちがえた品を冷静に持ち帰ったとはおもえません。彼はその場にうろたえて、あるいは腹立ちまぎれにまちがえた品を叩《たた》きつけたかもしれません」

「そうだとすると、遭難者の収容に当たったとき、遺体と一緒に回収しているかもしれませんね」

「遭難者の遺品はどうしましたか」

「検視がすんだ後、遺体と一緒に遺族に引き渡しました」

「遺族は遭難者の所持品をいちいちおぼえているわけではないでしょう。もし遭難者の遺品の中に登山者がまちがえた品がまぎれ込んでいたとしたら、遺族は遺品だとおもって保存しているかもしれません」

「もしかすると、氏名千尋が兄の形見として保存している品の中に、登山者がまちがえた品がまぎれ込んでいるかもしれませんね」

それはたしかにわずかな、わずかな確率であった。

寝袋の主が氏名勝彦と遭難現場で遭遇したかどうかは確かめられていない。

だが、寝袋の所有者が寝袋と誤信して運んだ異品が、氏名勝彦の遺品の中に発見されれば、二人が接触した明確な証拠となる。

つまり、寝袋の主は氏名勝彦の寝袋となにものか（寝袋とまちがえた品）を交換（氏名勝彦の意思に背いて）したのだ。

3

二人の着眼は早速、実行に移された。

氏名千尋の所属する事務所に連絡したところ、今夜の帰宅予定は午前三時ごろとなっていて、そのころ自宅に連絡を取ってほしいということであった。

ただし、あくまでも予定で、帰宅時間は遅くなることはあっても、早くなることはないという返事である。

「帰宅予定が午前三時か、有名タレントともなると凄《すご》いですね」

熊耳は驚いたようである。

早発《はやだ》ち、早着が原則の山では、午前三時はむしろ起き出す時間である。

だが、大都会の犯罪を追う棟居は、氏名千尋と似たようなライフスタイルであった。

ただし、追うものが人気と犯罪のちがいだけである。

「近くに宿を用意しますから、氏名千尋に連絡が取れるまで、少しお休みになってください」

棟居が熊耳に勧めると、

「なかなか東京へ出張する機会はありませんし、出張しても時間が空くことはありません。よいチャンスなので、新宿の歌舞《かぶ》き伎町を見学したいのですが」

「歌舞伎町ですか。新宿署には牛尾《うしお》刑事もいるし、私も地域をよく知っています。ご案内しましょう」

棟居は申し出た。

「お忙しいでしょうから、それには及びませんよ。一人で気ままに歩いてみます」

「いまはこちらも捜査が膠着していましてね、捜査本部に張りついている必要はありません。どうぞお気遣いなく。差し支えなければご案内させてください」

「棟居さんに案内していただければ心強いですよ」

新宿署では旧知の牛尾が出迎えた。

「喜んでお供します。私もこんな機会がなければ、ゆっくりと城下町を歩くことがありませんのでね。いつも現着（現場到着）に目の色を変えて、現場だけを見ていると、町全体が見えなくなります」

牛尾が言った。

「なるほど、管轄区域は新宿署を城に見立てた城下町ですね」

「いやいや、城は新宿駅です。我々は城下の住人の安全を預かる同心です」

牛尾が笑った。

牛尾はまず熊耳を、新宿駅を中心に派生する地下道へ案内した。地下道には浮浪者が住み着いている。

「駅周辺には二百から三百人の浮浪者がいます。浮浪者と言うと、一般人の目にはみな同じに見えますが、彼らにも貧富の差があります。最も豊かなのは生活力があって、段ボールでハウスを組み立て、食べ物や家具や生活必需品を探し出して、けっこう快適に生活していますよ。このクラスは浮浪者の富裕者階級です。

中流階級は食物を探す能力がある者です。どうしようもないのは、探食能力がなく、富裕者階級や中流階級にぶら下がって生きています」

「浮浪者に貧富の差があるとは初めて知りました」

熊耳が驚いたような表情をした。

「富裕者階級はあいつらと一緒にしてくれるなと言いますよ」

語りながら歩く地下道の最も居心地よさそうな場所には、一際大きなハウスが組み立てられている。

「こういうリッチなハウスには、テレビや焜炉《こんろ》もありますよ。新聞や雑誌も〝購読〟していて、けっこう文化的な生活をしています」

説明しながら、牛尾は一軒の一際大きなハウスを覗き込んで、

「プロフ、いるかい」

と声をかけた。

ハウスの中から上品な顔立ちの老人が顔を覗かせた。

「やあ、牛《モー》さんかい。しばらく顔を見なかったね。いい粉が手に入ったから、飲んで行かないかね」

プロフと呼ばれた浮浪者が、段ボールハウスの入口を大きく開いた。

「またにしよう。今日はお客を案内しているのでね」

牛尾がさりげなく躱《かわ》した。

「彼は元大学教授という噂のあるインテリでしてね、ハウスの中には本がぎっしり詰まっていますよ。コーヒー通でしてね、あちこちからうまい豆を拾い集めて来ては、自分で挽《ひ》いて点《た》てています。私も何度かよばれましたが、その辺の喫茶店真っ青な味でした

よ」

牛尾は未練が残るような表情で言った。

地下道から地上へ出て、プリンスホテル前の通称大ガードを潜《くぐ》ると、ガード下で一人の男が路上に広げたビニール布の上に、手製のペンダントやブローチなどのアクセサリー類を並べていた。

彼の前で数人の客が品定めをしている。

「やあ、カトマンズ、しばらく顔を見かけなかったが、元気そうだね」

牛尾が声をかけると、

「旦那《だんな》も元気でしたか。しばらくお見かけしないので定年退職したのかとおもいましたよ」

「窓際ではあるが、まだ当分辞めないよ」

「旦那に辞められると新宿が物騒になります」

そんなやりとりを交わして通り過ぎた。

「カトマンズと呼ばれてましてね、本名はだれも知りません。手製の真鍮《しんちゆう》細工がなかなかの名人芸で、注文が殺到しています。名人気質《かたぎ》で、本人がその気にならないとなかなか製作しません。彼の製品が事件の解明につながったこともありますよ」（拙作『街』）

大ガードを潜り抜けたところで、二人の浮浪者とすれちがった。

ミンクのコートを着た威厳のある老人と、乳母車を押している戦車のような体格をした若い浮浪者の二人連れである。

生活七つ道具を積んだ乳母車を押す浮浪者を弁慶のように従えて歩く老人の姿は、威風堂々としていた。

「やあ、将軍、元気かね。軍曹もいるな」

牛尾に声をかけられた二人は、

「牛尾の旦那も元気そうですね」

「旦那が控えている限り、新宿はすべて事もなしだ」

と如才ないことを言った。

「事もなしどころか、連日事件が発生しているよ」

牛尾が苦笑した。

「事もないので、こんなところをのんびりとパトロールしているんじゃないのかね」

将軍と呼ばれた浮浪者が言い返した。

二人とすれちがってから牛尾が、

「将軍と呼ばれているいまの浮浪者は、元自衛隊の幕僚長だったという噂があります。軍曹は陸上自衛隊出身者です。二人、いつも一緒に行動している新宿の名物浮浪者です」

言われて、改めて顧みると、軍曹を従えて闊歩《かっぽ》して行く将軍の後ろ姿には、かつて三軍を叱咤《しった》した威厳が備わっているように感じられた。

「さすが、新宿ですな。浮浪者に教授や将軍がいる」

「このほかにもドクターや花板や社長や船長もいます」

牛尾に先導されて、一行はコマ劇場前から歌舞伎町の方角へ歩いて行った。路上を埋めるように歩いていたサラリーマンや家族連れ、若者のグループがいつの間にか消えて、けばけばしい女性や、外国人の姿が目立つようになった。

肉感的な女体の挑発的な写真を看板にしたピンクキャバレー店の前でポーターがしきりに客に声をかけている。

看板に明朗、正直会計、ワンセットぽっきり五千円と表示されている。

「旦那、ちょっと寄っていらっしゃいませんか。いい娘《こ》がたくさん入りましたよ」

「そうもしていられないよ」

牛尾は苦笑しながら謝絶した。

牛尾の姿を見て、あちこちから声がかかる。各風俗営業店のポーターや、一目で筋者《すじもの》とわかる目つきの険しい男や、超ミニの化粧の濃い女たちが次々に親しげに声をかけてくる。

「歌舞伎町には全国の暴力団が集まっています。それぞれの縄張りが重なりあっていますが、話し合いで共存共栄していますよ。いまは鉄砲玉を送り込んで、しのぎを削り合う時代ではありません。後から進出して来たヤクザが他のヤクザの縄張りを侵しても、ほとんどが戦争になる前に話し合いで折り合っています。戦争をして食い込めば、弁護士費用や留守家族の生活費などで、一人一千万円以上は飛んでしまいます。やつらも考えています」

コマ劇場裏から風林会館の前を通り、区役所通りを横切って(歌舞伎町)二丁目へ入って行く。

「この周辺にはホットショップが多くあります」

牛尾は言った。

「ホットショップとは」

「生活時間のちがう二人が一つのベッドを使い分けることを、ベッドが冷える暇がないというところから、ホットベッドと言うそうですが、中国、韓国系の店は単独で借り切る資力がないので、午前零時に看板になる日本人の店の後を借りて営業しています。これをホットショップと呼んでいますが、午前零時を境に、歌舞伎町の顔ががらりと変わってしまいます。まるで香港《ホンコン》かマカオにでも行ったような感じですね。もっとも私はまだどちらへも行ったことはありませんが」

歌舞伎町二丁目へ入って行くと、けばけばしいネオンをまぶしたピンクキャバレーやヘルスマッサージなどの風俗営業店がまばらとなって、ラブホテルのネオンサインが幅をきかすようになった。

意外に連れ立ったカップルが少なく、水っぽい若い女が小走りに歩いている。

「男がホテルで待っているんですよ。彼女たちは近くのデートクラブから客に呼ばれて行くのです」

牛尾が説明した。

三人がさしかかったラブホテルの中から一組の男女が出て来て、左右に別れた。後朝《きぬぎぬ》の別れなどという情緒の一かけらもない、さばさばした別れ方である。

ラブホテル街を一巡して、区役所通りへ戻った。

「この先がゴールデン街です。この界隈《かいわい》はオカマのテリトリーでもありますよ」

「まったく新宿は人間の万博みたいですなあ」

熊耳が感に堪えたように言った。

「人間万博と言うよりは、人間のちゃんこですよ。雑多な人間が一緒くたに放り込まれています。西口は超高層ビルとエリートサラリーマンの町、東口、歌舞伎町のコマ劇場よりも南は若者、コマ劇場の裏手から（歌舞伎町）二丁目にかけては風俗のメッカ、エリートサラリーマンからヤクザ、浮浪者まで人種、国籍、職業、性別を問わず、来る者はだれも拒みません。この町には主役はいないのです。あらゆる人間がそれぞれのテリトリーに棲《す》み分けて、新宿という巨大な生活社会を形成しています。よく新宿は森にたとえられますが、新宿は森ではありません」

「どうして森にたとえられるのですか」

「森林は高木を盟主にして、低木、苔《こけ》やシダ類の地衣類、さまざまな動植物、昆虫が棲んでいる複合型生活社会です。森林は異種物を受け入れないそうです。新宿には参入《エントリー》を拒む異種物はありません。だれでも……人間だけではなく、犬や猫や、その他の動物も一緒に暮らしていますよ。まあ猛獣はいませんがね。害獣や害虫も拒否しない。

そのかわり新宿に根を張るのはもの凄く難しい。この町で一見根づいているように見えるものも、ほとんど根はありません。ただ、いるだけです。いるだけでかなりのエネルギーを要します。エネルギーのないものには新宿に居つづけることはできません」

「なんとなくわかりますね。私のように数時間、新宿を見物しているだけで、ひどく疲れます」

「それは馴《な》れないからですよ。熊耳さんのように山に登るスタミナがあれば、新宿に充分居つづけられます。もっとも新宿にいる連中のスタミナには不健康な部分がありますがね」

「大変いい勉強になりました。ここにいると、なんだか人間がよく見えてくるような気がします」

「人間の本性がわりに素直に現われている町かもしれませんね。銀座の功成り名遂げた人種の気取りや余裕もなければ、原宿、六本木のファッションもなく、渋谷のちょっとずれた若者の感性も、池袋の泥臭さも、上野のふるさとのにおいもありませんが、人間の体臭が一番強く発散されているのが新宿のような気がします。私はそんな新宿が好きです」

牛尾がしみじみとした口調になった。

新宿を見物している間に夜が更けて、時間が迫ってきた。

牛尾の言うホットショップが開店し、半アジア化した新宿の側面がクローズアップされてくる。

午前一時、棟居の携帯電話に氏名千尋の付き人の塚田謙治《つかだけんじ》から連絡が入って、珍しく予定より早くスケジュールを消化したので、一時間早く自宅へ帰ると伝えてきた。

牛尾に礼を述べて、熊耳と棟居は千尋の自宅へ向かった。

ようやく中谷を殺されたショックから立ち直り、ホテル暮らしから自宅へ戻っているという。

二人は間もなく南青山の氏名の自宅で、彼女と向かい合っていた。

「ごめんなさい、遅くまでお待たせしてしまって」

千尋は疲労の色も見せず、愛想よい笑顔で二人を迎えた。

「お疲れのところを申し訳ありません。ぜひともおうかがいしたいことが生じまして。こちらはすでにご存じとはおもいますが、兄上が遭難したとき救助に当たった大町署の熊耳刑事です」

「あのときの山岳救助隊の刑事さんでしたか。道理でどこかでお見かけした顔だとおもっていました。あの節は大変お世話になりました」

千尋は丁重に礼を述べた。

「六年も前のことなのに、よくおぼえていてくださいましたね」

熊耳は感激したようである。

「忘れるはずございませんわ。兄の遺体を収容するために命をかけてくださったんですもの」

「実は悲しいことをおもい起こさせてすみませんが、そのことでおうかがいしたのです」

棟居が口を挟んだ。

「すると、兄のことで……」

千尋が棟居の方に視線を転じた。

「熊耳さんがお兄さんのご遺体と一緒に遺品も集めましたが、それらの品はいまでも保管してありますか」

「もちろんです。兄の形見ですので、大切に保管してありますわ」

「それは、いまどこに保管されていますか」

「私が保管しています」

「あなたが……それは都合がいい」

「兄の遺品がどうかしたのですか」

「ちょっと拝見したいのです。お疲れのところ申し訳ありませんが」

棟居は踏み込んだ。

彼女自身が保存してくれていたのは、またとない機会である。これが生家に保存されていたり、山仲間に形見分けされたりして散逸していると、回収のしようがない。

六年前に死んだ兄の遺品を大切に保管しているところを見ると、よほど兄想いであったのであろう。

間もなく千尋は別室から、塚田の助けを借りて兄の遺品を運んで来た。

ピッケル、山靴、アイゼン、特大のキスリング、ザイル、遭難時に着ていた登山服、防風衣《アノラック》、ゴーグル、手袋、磁石、地図、その他こまごました品である。

冬山の装備であるからかなりの品目になる。

いまを時めくアイドルの瀟洒《しょうしゃ》なマンションの居室が、時ならぬ登山用品の展示場のようになった。

「これで全部ですか」

「あのとき熊耳さんから引き渡されたものは、全部揃っています」

千尋が言った。

棟居と熊耳は遺品の中から寝袋と見誤るような品を探した。

二人は同時に、遺品の中の一つの品に注目した。それはライトグリーンのサブザックで、寝袋を詰めるには手ごろのサイズである。

そして、いかにも中身に寝袋が詰まっているように見えた。

「このサブザックはお兄さんのものですか」

「そうだとおもいます。ほかの品と一緒に引き渡された品ですので」

千尋にしても、兄の山道具をすべて把握しているわけではないであろう。

兄の遺品として引き渡されたので、兄のものと信じているらしい。

「引き渡されたとき、遺品はすべてチェックしましたか」

「チェックいたしました。そのサブザックの中には枕《まくら》が入っていたはずです」

「枕？　山に枕なんか持って行ったんですか」

「私もちょっと変におもいましたけど、兄は神経質なところがありまして、枕が替わると眠れなくなるということで持って行ったのかもしれません」

ザックの中にはたしかに一個の枕が入っていた。

「そう言えば遺体と共に収容した品の中に、この枕がありましたよ。変なものを山に持って来るなあとおもいましたが、遺体のかたわらにあったので、他の遺品と一緒に引き渡しました」

熊耳がおもいだしたようである。

「このサブザックはお兄さんのものかどうか確認できませんか」

棟居は改めて千尋に問うた。

「たしかそんなザックを持っていたとおもいますが、ザックがどうかしたのですか」

「もしかすると、この枕を入れた他人のザックが、お兄さんの遺品の中にまぎれ込んでいたかもしれません」

「兄が他人のザックをまちがえて持って来てしまったのですか」

「その逆です。いや、逆というのも正しくないかもしれないな。お兄さんが遭難前夜、泊まった山小屋は無人で、同宿者はいなかったと推定されています。だれもいなかった山小屋で、他人のザックをまちがえるはずはありません。このザックはべつの山小屋、つまり湯俣小屋に泊まった登山者が寝袋とまちがえて、お兄さんの遭難現場まで運んで来たのではないかと考えられます」

棟居は熊耳と検討して到達した推理を千尋に告げた。

「すると、この枕を運んで来た人間が、兄から寝袋を奪って、兄を殺したというのですか」

「その可能性を私たちは疑っています。もしこの枕とザックがお兄さんのものでなければ、私たちの推測は一歩近づいたことになりますね」

そのとき枕とザックの中を仔細《しさい》に調べていた熊耳が、ザックの底から一枚の紙片を引き出した。

「ザックの底敷きにあったので気がつきませんでしたが、こんなものが入っていましたよ」

熊耳が指先につまみ出したのは、大町市周辺の観光地図である。

大町市が発行したもので、地域周辺の観光地や温泉地、主な登山コースやハイキングコースが印刷されている。

地図の一隅に葛《くず》温泉の旅館のスタンプが押されてある。

北鎌尾根の登山にはまったく役に立たない地図であるが、観光客には便利な案内となるであろう。

「葛温泉の旅館のスタンプが押されていますね。枕の主はこの地図を葛温泉でもらったのでしょう」

熊耳は言った。

「すると、枕の主は葛温泉に泊まったか、休憩したということになりますか」

二人はすでに枕の主と寝袋の主を別人として話していた。

もし枕の主を突き止められれば、彼らの推測は的を射ることになる。二人は静かな興奮が胸の奥から盛り上がってくるのを感じた。

枕の主が突き止められたところで、彼らが担当する事件解明に役立つかどうかはわからない。

だが、二人は厚く塗り込められた闇《やみ》の奥に、わずかな曙光《しょこう》が揺れたように感じた。

「この枕とザックをしばらくお借りできませんか」

棟居は申し出た。

「どうぞお持ちください。もし兄のものではないとすると、私が保管していても仕方がありませんので」

千尋は疲労の色も見せずに応対してくれていたが、すでに午前三時を過ぎていた。

4

熊耳は氏名千尋から得た情報をみやげに大町へ帰って来た。

その足で直ちに葛温泉の烏帽子館《えぼし》へ行った。

目指すは六年前の十二月、すなわち氏名勝彦が遭難した少し前の宿泊者の記録である。

枕の主が烏帽子館に宿泊していれば、宿帳にその記録が残っているはずである。

だが、観光マップは休憩者にも無料で配っているので、たまたま通りかかった登山者が烏帽子館で観光マップを見かけてピックアップしていれば、記録は残っていない。

たとえ記録が残っていたとしても、枕から氏名不明のその主を手繰り出すのは難しい。

熊耳と烏帽子館の経営者、小林啓介《こばやしけいすけ》は顔馴染《なじみ》である。

熊耳の要請に小林は直ちに反応した。

「そのころ枕を持って来たお客さんなら、よくおぼえているよ。枕が替わると眠れないと言ってね、専用の枕を持って来たよ。野天風呂の好きな人でね、全国の野天風呂を入りまわっていると言っていた。湯俣の野天風呂のことを話すと、ぜひ入りたいと言ったので、うちの車で水無沢《みずなしざわ》まで送って行ったよ。その年は雪が割合少なくて湯俣まで入れたな」

熊耳は早速の手応《てごた》えに弾む胸を押さえて、

「その人の名前をおぼえているかね」

「たしか大林《おおばやし》さんとか言っていたな。横浜から来たと言っていたが、宿帳に名前と住所が残っているはずだよ」

幸いに烏帽子館では六年前の宿帳が保存されてあった。

宿帳から枕の主の住所、氏名が割り出された。

5

葛温泉の烏帽子館から横浜市緑区に居住する大林好雄《よしお》を割り出した熊耳《くまがみ》は、早速、棟《むね》居《すえ》に連絡を取った。

熊耳から引き継いだ棟居は、早速大林に接触した。

大林は東京西郊および神奈川県下に路線網を展開しているある私鉄に勤務していた。

大林に面会を求めると、快く応じて、新宿駅構内にある喫茶店を指定した。

熊耳から聞いたところによると、大林は全国から野天風呂の同好の士を募って結成した日本野天風呂同好会の会長であるということである。

指定された場所に約束の時間に赴くと、大林は先に来て待っていた。

目印の登山帽に、グリーンのアノラックを羽織った姿は、店に入るなりすぐにわかった。

視線が合うと、大林は棟居の素性を察知したらしく、手を上げた。

五十前後のがっしりした体格に太い首が据わり、眉の間の開いた小さな目が人のよさそうな笑みを浮かべている。

太い丈夫そうな歯の間がすけていて、その間から善《よ》い人柄が覗いているようである。

「やあ、お呼び立てして申し訳ありません」

大林は恐縮した。

「とんでもない。用事があるのは私の方ですから」

二人は初対面の挨拶《あいさつ》を交わした後、棟居が早速用件に入った。

「早速お尋ねしますが、これはあなたのものでしょうか」

棟居は氏名千尋から領置した枕とザックを大林に示した。

「たしかに私のものです。数年前に紛失したものですが、こんなものがよくあったなあ。どこにあったのですか」

大林は驚きの色を隠さずに言った。

「どこで紛失したか、おぼえておられますか」

「六年前の十二月、いい露天風呂があると聞いて、長野県の葛温泉へ行きました。その旅館で湯俣の河原に野天風呂が湧いていると聞いて、足を延ばしましたが、そのとき泊まった湯俣の山小屋に置き忘れたような気がします。そこの山小屋に当時、電話がなかったので、問い合わせができませんでしたが、馴れた枕だったので、次の枕に馴染むまで不便しましたよ」

「湯俣の山小屋に忘れたことはまちがいありませんか」

「まちがいありません。湯俣に泊まってから帰宅しましたところ、枕を入れたザックを忘れて来たのに気がつきました。帰りのバスや電車の中ではザックを入れたはずのリュックサックは開きませんでしたから、最初からリュックに入れるのを忘れてしまったのです」

「帰宅されてから、湯俣の山小屋に手紙で問い合わせましたか」

「いいえ、問い合わせようとおもっている間に、つい面倒になり、忘れてしまいました。そのうちに新しい枕が馴染みましたので、問い合わせる必要もなくなりました」

「湯俣に宿泊したのは何日ですか」

「葛温泉に宿泊した翌日ですから、十二月二十日です」

「あなたが湯俣に宿泊された夜、同宿した登山客はありましたか」

「私一人でした」

氏名勝彦の遭難日から逆算すると、大林が湯俣に泊まったのはその前々夜ということになる。

大林が湯俣の山小屋を出発するのと、入れ替わりに寝袋の主が到着して、大林が置き忘れた枕を寝袋とまちがえて遭難現場へ運んだのであろう。

「あなたが湯俣小屋へ泊まった翌日の夜、一人の登山者が同じ小屋へ泊まっているのですが、あなたは帰る途中、それらしい登山者とすれちがいませんでしたか」

「そう言われてみれば、途中で一人の登山者とすれちがいました」

大林はおもいだしたような表情をした。

「その登山者の特徴をおぼえていますか」

「そうですね、二十代前半と見える精悍《せいかん》な感じの登山者でした。山を相当やっているように見えましたよ」

「そのとき、その登山者はあなたが枕を入れたようなグリーンのサブザックを持っていましたか」

「さあ、特に気がつきませんでしたね」

「出会ったとき、言葉を交わしましたか」

「そうそう、ちょうど湖の端が見えてきた地点で、私が写真を撮っているところに、その登山者が葛温泉の方から登って来ました。私が三脚で記念に一緒に撮影しないかと誘うと、先を急いでいるからと言って、行ってしまいました」

「その登山者にもう一度会えばわかりますか」

「さあ、六年も前のことですので、自信がありませんね。でも、写真がありますよ」

「写真があるって？　しかし、ツーショットの撮影を断られたんでしょう」

「私が写真を撮っているとき、偶然レンズに入って来たのです。距離はありましたが、特徴は写っているとおもいますよ」

「その写真をいまでもお持ちですか」

「探せばあるとおもいます」

「ぜひ拝見したいのですが」

大林好雄から提供された写真は、遠景に突然入って来た人物にピントは合っていなかったが、特徴は捉えられていた。

湖を侍らせた、雪を戴《いただ》いた高い峰が写っている。野口五郎岳の稜線らしい。

被写体は遠距離ながら、中谷雄太ではなかった。

人物が拡大された。拡大写真は熊耳、島岡泰、伊藤正吉、中谷雄太の遺族、氏名千尋、高原諒子、安田知明などへ配られた。

脅威の尾根

1

高原諒子《たかはらりょうこ》は三村明弘《みむらあきひろ》に北鎌尾根行きを誘ったとき、彼が束の間《つかのま》、返事をためらったことが気になった。

山には素人の彼女に、険しい岩尾根が連続する北鎌尾根は無理だと、三村は言った。躊躇《ちゅうちょ》の理由としては一応納得できる。

だが、諒子が北鎌尾根と言ったとき、三村の目に怯《おび》えに似たような影が一瞬よぎったのを、諒子ははっきりと見て取った。

怯えの影が走り去った後、三村は慌てて言い訳するように、諒子には北鎌尾根は無理だと言ったのである。

三村はあのとき、なぜ北鎌尾根に怯えたのか。

彼は北鎌尾根になにかこだわりを持っているのではないのか。

おもわくを探っていた諒子は、棟居《むねすえ》から告げられた話をおもいだした。

氏名《うじな》千尋《ちひろ》の兄が、六年前、北鎌尾根で遭難した。棟居はその死因に疑問があると言った。

そのとき楝居は、諒子の兄が北鎌尾根に登ったことはないかと問うたが、楝居の質問は氏名勝彦《かつひこ》の死因について、兄も容疑者の一人に加えていたことを示す。

三村は氏名勝彦の不審な死因に関わっているのではないのか。兄、中谷と共にエギーュ山岳会の三羽烏《さんばがらす》と呼ばれた三村が、冬の北鎌尾根の単独登攀《とうはん》を狙《ねら》ったとしても不思議はない。

いけない。こんな疑いを三村に挟んではいけない。

彼の山行の誘いに同意したのは、彼のプロポーズを受け入れたことを示すものである。将来を共有しようと決意したパートナーにそんな疑惑を挟むべきではない。

諒子は自分を戒めた。

彼女の胸に疑惑の火を灯《とも》したのは楝居である。

氏名千尋の兄が北鎌尾根で不審な遭難死を遂げ、千尋と婚約した中谷が殺された。

楝居は中谷の殺害動機について、氏名勝彦の遭難が関わっていると疑っていたようであったが、憶測をたくましくすれば、千尋が兄の遭難の原因が中谷にあることを突き止めて、彼女が復讐《ふくしゅう》したという見方もできなくはない。

千尋にはアリバイがあるということであるが、共犯者がいればアリバイの有無は問題ではなくなる。

私は人を疑ってばかりいる。兄恭平の遭難のときは中谷を疑い、中谷の死に氏名千尋を疑い、そしていま三村に疑いをかけている。

将来を託すべき男と、その決定的返事をあたえるための山旅に出かける女の心情ではない。

諒子は自分自身をいやらしい女だとおもった。

2

北鎌尾根登山は天候が最も安定する十一月下旬と決定された。

台風のシーズンが去り、本格的な冬山へ入る直前の、西高東低の冬型気圧配置が完成する前の十一月下旬は、登山者の強敵である日本海からの季節風の吹き出しもなく、しかも冬山の感触充分な快適な登山を楽しめる。

諒子もその時期に合わせて休暇を取った。

出発に先立って、諒子は山の用具を買い集めた。

兄の遺品で使えるものはピッケルに寝袋ぐらいであるが、諒子はピッケルの使い方を知らない。

登山服、登山靴、リュックサックなど、いちいち新しく買い整えた。

「寝袋は持って行く必要があるかしら」

諒子はなにげなく三村に問うた。その瞬間、三村の表情がぎょっとしたように見えた。

問うた諒子自身が、なぜ三村がぎょっとしたのかわからなかった。

「要所要所の山小屋にはまだ管理人がいるとおもうけれど、用心のために持って行った方がいいだろう」

三村はすぐに平静な表情に返って言った。

そのとき諒子はふたたび棟居から告げられたことをおもいだした。

氏名勝彦は寝袋を奪われて遭難した疑いがある、と棟居は言っていた。

三村が見せた一瞬の表情の動揺と、氏名勝彦が奪われたという寝袋に関連があるのではないのか。

またしても諒子の胸に疑惑の影が揺れた。

「いざというとき、寝袋は一つあれば充分だよ」

三村はにやにやしながら言い直した。

「どうして」

「いざというときは、一つの寝袋に二人で入った方が、たがいの体温で温め合えるからさ」

「寝袋に二人入れるの」

「無理をすれば入れないことはない。以前、谷川岳で遭難したカップルが、一つ寝袋に入ってたがいに温め合いながら凍死を免れたという実例もあるよ」

三村の言葉が、それとなく氏名勝彦の北鎌尾根遭難について弁明しているように聞こえた。

寝袋に二人で入ってたがいの体温で温め合えば、寝袋を奪う必要はない。

十一月二十二日の夜、二人は信州へ向かう列車に身を託して、新宿駅を出発した。この季節には移動性の高気圧が日本列島に張り出してくる。この周期にタイミングを合わせると、絶好の登山日和となる。

また悪天候になっても、冬山のように長つづきはしない。

日本列島は全国的に非常に優勢な移動性の高気圧の圏内に入っていた。

気象庁もこの数日の安定した天候を予報している。

明日中に湯俣まで入り、明後日宮田新道を経由して槍ヶ岳山荘へ入る予定である。

3

配布した写真の先から次々に反応があった。

中谷雄太の遺族、エギーユ山岳会の会長安田知明、伊藤正吉、その他の岳界関係者から、被写体は三村明弘という返答が相次いで寄せられた。

特に被写体の主を三村と知った熊耳の驚きは大きかった。

「三村は高原恭平亡き後、中谷と共にエギーユ山岳会を支える双璧《そうへき》と見られているクライマーです。彼が寝袋の主であれば、島岡太一は当然、彼の素性を知っていたでしょう。

島岡は、氏名勝彦の死因に三村が関わっていることを察知して、自首を勧めていたとすれば、三村にとって島岡は脅威だったはずです。三村に自首する意思がなければ、島岡を殺害して、山荘の売上金を奪取したのは、自分の致命的弱味を握った者を抹消し、大金を手に入れる一石二鳥のチャンスだったとおもいます」

棟居の推理に、

「中谷を殺したのも三村でしょうか」

熊耳は問うた。

「その可能性は極めて大きいとおもいます。高原恭平が死んだ後、三村は中谷のザイルパートナーでした。中谷は氏名勝彦の遭難が三村の仕業であることを知っていたのかもしれません」

「どうして知ったのですか。三村が自分から氏名の寝袋を奪ったとは口が裂けても言わないでしょう」

「三村はそんなことを言うはずがありません。しかし、中谷は三村の登山計画を知っている場合があります」

「それはどんな場合ですか」

「中谷が三村の山行に同行する予定だった場合です」

「中谷が同行予定……」

熊耳は愕然《がくぜん》としたような声を出した。

「そうです。中谷が北鎌尾根に同行する予定であったところを、急に都合が悪くなってキャンセルしたとします。やむを得ず三村が一人で出発した。そして、氏名勝彦が不審な遭難死をすれば、中谷はその原因として、当然三村を疑うでしょう」

「それならばなぜ、中谷は黙秘していたのですか」

「中谷が島岡太一強盗殺人事件に関与していたとしたらどうですか」

「中谷が関与」

「あの事件は複数の犯行が疑われています。もし中谷が関わっていれば、黙秘せざるを得ません。たとえ三村の山男にもあるまじき行為を察知していたとしても、下手に洩らせば、自ら墓穴を掘ることになります」

「もしそうなら、三村にとって中谷は脅威にはならないでしょう。中谷の口を塞《ふさ》ぐ必要はなくなります」

「中谷は氏名千尋と婚約しました。千尋と結婚すれば、いつ、どんな機会から三村の行為が中谷から千尋に伝わるかもわかりません。三村にしてみれば、生きた心地がしなかったのではないでしょうか」

「しかし、中谷が洩らせば、結局、中谷の強盗殺人事件への関与も露見してしまうのではありませんか」

「問題は関与の程度ですね」

「そうか、中谷が事件の真相を知っていて洩らしたとしても、中谷自身にとっては致命傷にならない場合は、中谷は依然として三村の脅威になりますね」

「いまの時点では大林好雄の枕が三村によって氏名勝彦の遭難現場に運ばれたと推測されるだけであって、三村が氏名の寝袋を奪ったという確証は取れていません。

　また三村が氏名の寝袋を奪ったとしても、そのこと自体は島岡殺しと売上金の強奪にはつながっていきません。要するに、三村が犯人像として都合のよい位置にいるというだけです」

「三村は犯人適格条件を備えていますが、三村の身辺を内偵すれば、なにか事件につながる資料を発見できるかもしれませんね」

「私もそうおもいます。しかし、身辺内偵となると簡単には許可は下りません。まず捜査会議を説得しなければなりませんね」

「三村の写真は有力な説得材料になりませんか」

「私の方の事件《ヤマ》には直接つながりませんが、熊耳さんの方から攻められるかもしれませんよ」

「やってみます。三村を落とせば、中谷殺しの犯人にもつながっていくかもしれません」

　二人は電話で打ち合わせた。

　写真の配布先から次々に反応があった中で、高原諒子と島岡泰からはなんの返事もこなかった。

　棟居は不審におもった。

　諒子も泰も三村明弘を知っているはずである。それなのに、なぜ梨《なし》の礫《つぶて》なのか。

　高原諒子は世田谷区内のアパートからスポーツ新聞社に勤めている。

　気になった棟居は、彼女の自宅へ電話をしたが、応答がなかった。

勤め先に連絡を取ったところ、十一月二十七日まで休暇を取っているということであった。

中に土曜日と祝日と振替休日が入るので、五日間の連休となる。

「至急、高原さんに連絡をしたいことがあるのですが、どちらへ出かけたかご存じですか」

棟居は電話に応答した社員に問うた。

「なんでも旅行に出かけると言っていました」

「旅行へ、どこへ旅行に出かけたのですか」

「信州の山へ行くと言っていました。詳しいことは聞いておりません」

「信州の山……」

棟居は不吉な胸騒ぎをおぼえた。

棟居が配布した写真が、諒子が出発した後に着いていれば、諒子はまだその写真を見ていない。

十一月の末に若い女が信州の山登りに一人で行ったとはおもえない。

棟居は大町の島岡泰の自宅に電話をした。

だが、泰も留守とみえて応答がない。

北アルプスの山小屋はおおむね十月下旬までには閉めるので、いまは山麓に下って、べつの仕事をしているのであろう。

冬季はスキー場で、スキー学校のインストラクターなどをしていると聞いたが、まだスキーの季節には少し早い。

スキー場開きの準備に駆り出されているかもしれない。

棟居は大町署の熊耳に再度連絡をした。

「島岡泰から返事がありませんか。彼はだれよりも寝袋の主を知りたがっていましたから、写真を見ればいの一番に反応してくるはずです。もしかすると湯俣《ゆまた》に入っているかもしれません」

「湯俣に」

「湯俣山荘（小屋）はたいてい十月下旬に閉めますが、ダム調整工事の作業員が入り込むので、臨時に管理人が入ることがあります。もしかすると島岡泰は湯俣山荘に入っているかもしれません」

「すると、島岡泰さんはまだ写真を見ていない可能性がありますね」

「その可能性もあります」

「湯俣山荘には電話はありますか」

「あります」

棟居は熊耳からおしえてもらった湯俣山荘の電話番号をプッシュした。

だが、だれも応答しない。

棟居はふとおもいついて、名刺のファイルを探した。

棟居がつまみ出したのはエギーユ山岳会の会長安田の名刺である。

棟居は名刺に刷られていた喫茶店ケルンに電話をかけた。

電話口に安田が出た。

「先日お邪魔しました捜査一課の棟居と申します」

棟居が名乗ると、安田はおぼえていた。

「実は至急メンバーの三村明弘さんに連絡を取りたいのですが、ご住所をご存じでしたらおしえていただけませんか」

「三村君なら、いまたしか山へ登っているはずですよ」

「山へ……どちらの山ですか」

「湯俣から入って、西鎌か東鎌尾根沿いに槍へ登ると言ってました」

「一人でですか」

「本来なら、北鎌をやりたいところだが、初心者の同行がいるので北鎌は無理だと言ってましたよ」

「初心者の同行……」

「三村がどうかしましたか」

安田が問い返した。

「三村さんはいつ出発したのですか」

「個人山行なので詳しいスケジュールは聞いていません。今日あたり、もう山へ入っているでしょう」

安田からはそれ以上の情報は引き出せなかった。

電話を切った棟居は、高原諒子と三村が同時期に山へ登ったのが気になった。

最近、急速に接近しているらしい二人が連れ立って山へ行った可能性は大きい。

湯俣山荘経由で槍ヶ岳を目指したとすれば、基地とした同山荘で島岡泰と邂逅《かいこう》しているはずである。

もし、泰が寝袋の主を三村と察知したならば、なにか反応を起こさないであろうか。

島岡太一は寝袋の主がだれか知っていながら黙秘していた節が見える。それは太一が寝袋の主に重大な嫌疑をかけていたことを示すものである。

父親の嫌疑に気づいていた泰が、寝袋の主を察知して早まったリアクションを起こさなければよいが……。棟居は案じた。

棟居刑事から写真を受け取った島岡泰は愕然《がくぜん》とした。

拡大された被写体は泰の知っている人物である。

棟居が付記した説明によると、この被写体が置き忘れられた寝袋の主である可能性極めて大であるということである。

泰には散乱していた事件の諸要素が有機的な一体となって、はっきりと輪郭を刻んだように見えた。

父は寝袋の主を知っていた。寝袋の主が寝袋を置き忘れて出発した当日、彼のコース途上で寝袋を持たない氏名勝彦が遭難した。

父は速やかに、三村が氏名の寝袋を奪ったと推測したのであろう。

父の死と氏名の遭難は決して無関係ではあるまい。

泰が棟居に返事を出そうとした矢先、三村から湯俣を経由して、宮田新道から槍ヶ岳へ登りたいので、湯俣山荘を利用させてもらいたいという連絡を受けた。

三村が湯俣へ来る。これは三村本人に寝袋の主であるかどうかを確認する絶好の機会ではないか。

湯俣山荘はダムの調整工事も一段落して、作業員も去り、十月下旬から閉めているが、三村を迎えるために臨時に開いてもよい。

泰は棟居への返事を保留して、三村を湯俣山荘で迎えることにした。

棟居は再度、熊耳に連絡を取った。

「私の杞憂《きゆう》かもしれませんが、もし島岡泰君が、私が配布した写真を見た後、三村を湯俣山荘で迎えた場合、なにか先走ったリアクションを起こさないか案じています。泰君が寝袋の主を三村と察知すれば、父親が寝袋の主の素性を知っていたと推測するのは当然の成り行きでしょう。父親は彼の素性を知っていながら黙秘した。黙秘したことが、父親の死を引き起こしたのではないか。

そのように泰君が推測すると、三村に対してなにか危険なリアクションを起こさないともかぎりません。三村は高原諒子さんを同行しているかもしれません。諒子さんも山へ出発する前に写真を見ているとすれば、三村に対して疑いを抱いたかもしれません。私のおもいすごしかもしれませんが、三人が山で邂逅した場合をおもうと、不安をおぼえるのですよ」

「私もちょっと不安になってきました。湯俣を経由して槍ヶ岳へ向かうということは、どのコースを取るにしても、北鎌尾根に極めて接近します。もし三村が氏名勝彦の遭難に関わっていれば、避けたい山域でしょう。そこへあえて近づいたということは、三村の本意ではなく、高原諒子さんにせがまれてやむを得ずかもしれません。諒子さんは写真を見て、三村を験《ため》そうとしているのかもしれませんよ」

「もし諒子さんが三村を験そうとして引っ張り出したとすれば、なおさら心配です」

「私が行ってみましょう。いまからなら追いつけるかもしれません」

「熊耳さんに行っていただければ心強い。三村はエギーユ山岳会の会長に湯俣から宮田新道を登って、西鎌尾根伝いに槍へ登ると言っていたそうです」

「宮田新道は特に危険な箇所はありませんが、四の沢より先は通行する者も少なく、ほとんど廃道になっています。地勢を知っている者なら歩けるコースです。また西鎌尾根の詰めで槍の方へ寄りすぎると、岩の迷路に踏み込み、稜線に出られなくなります。ベテランの三村ならばその辺は心得ているでしょうが、足弱の同行者がいるとなると、かなりのブレーキになるでしょうね」

棟居は、焦燥をおぼえた。できることなら、自分も山へ行きたい。

三村、諒子が連れ立って登山したのには、山以外のなにかの目的があるような気がしてならない。

熊耳が言ったように、諒子が三村を験そうとしているのであれば、そしてもし三村が諒子の意図を察知すれば、そして二人を迎えようとしているのが島岡泰であることが、棟居の意識に不穏な気配となって揺れている。

だが、いまの時点では三村と諒子の山行は、棟居が担当する事件になんの関わりも持っていない。

本命の捜査が膠着しているときに休暇を取って、山へ行くわけにもいかない。

この場は熊耳に委《ゆだ》ねる以外になかった。

熊耳に連絡を取った後、棟居は改めて大林から提供された写真を見つめた。

原板をそのまま拡大した印画紙と、顔の部分だけを引き伸ばした印画紙である。

この写真は氏名の遭難当日、湯俣山荘（小屋）に置き忘れられた寝袋の主として三村を疑わせる資料であるが、確定的な証拠ではない。

ましてや、三村に氏名の遭難の死因について責任を問う証拠としては薄弱である。

まず、三村が自分の寝袋ではないと突っぱねればそれまでである。仮に寝袋の所有者であることを認めたとしても、当日、北鎌尾根には向かわなかったと言い張れば、それ以上追及できない。

写真の発見に一時、色めき立ったものの、三村を仕留める武器としては弱い。三村の状況は極めて怪しいが、容疑性をさらに掘り下げる必要がある。中谷殺しとの関連性は憶測にすぎない。

棟居は写真を発見した興奮が醒《さ》めて、三村までの距離を感じた。三村と捜査陣の間には、山麓から仰ぎ見る高峰のような高度差がある。これを有無を言わせぬ証拠で埋め立てなければならない。

棟居は写真を凝視した。いくら凝視しても三村の顔がそこに定着されているだけである。

偶然写された三村の顔は無防備であった。無防備ではあるが、攻め口がつかめない。棟居には三村の無防備な表情が難攻不落な要塞《ようさい》のように見えた。

棟居は三村に対する未練を捨て切れなかった。彼は氏名勝彦の遭難に関わっている。三村ほどのクライマーが湯俣から北鎌尾根を目指さないはずがない。

それは棟居の確信であった。その確信が印画紙に穴があくほど凝視して、網膜に刻み込まれている映像を見つづけさせたのである。

「おや、これはなんだ」

棟居は被写体の襟元に視線を固定した。

これまでに何度も見ていたはずであるが、見過ごしていた。

棟居はその物体の形状に記憶があった。

彼の記憶がスパークした。

「もしかしたら……」

棟居は呻《うめ》いた。

彼はその写真を鑑識の写真係に持ち込んで、襟元の物体の部分をさらに大きく引き伸ばすように依頼した。

緊急避難した遭難

1

十一月二十三日、三村《みむら》と諒子《りょうこ》は湯俣《ゆまた》山荘に到着した。

二人を島岡泰《しまおかやすし》が出迎えた。

「連絡を受けて、お待ちしていましたよ」

泰は二人を歓迎してくれた。

山は秋と冬の端境期《はざかいき》にあって、最も閑散としている時期であった。

高所の稜線《りょうせん》は冠雪しているが、根雪になるほどではない。

西高東低の冬型気圧配置もまだ完成せず、発達した大陸の高気圧が伴う季節風もそれほど長つづきしない。

年末になると正月登頂を狙《ねら》う登山者で槍《やり》ヶ岳周辺は賑《にぎ》わうが、いまは紅葉の観光客も去って、山腹を埋めた樹林はそのコスチュームを落とし尽くして、見晴らしがよくなり、深みを増した硬質ガラスのような空に新雪をまぶした山稜が映《は》える。

「素晴らしい山を独り占めにできますよ」

泰が言った。三村と泰は顔馴染《なじみ》である。

「宮田新道から西鎌尾根をつめて、槍へ登る予定です。しばらく通っていませんが、道の具合はどうですか」

三村は泰に尋ねた。

「最近、宮田新道は通行する人が少なく、かなり荒れてますよ。まあ、三村さんなら心配はありませんが」

泰が言った。

「なにしろ足弱の同行者がいるものだから、緊張しています」

「なんなら、ぼくがご案内しましょうか。どうせ三俣蓮華山荘へ行く用事があるので、少しまわり道になりますが、差し支えなければ同道させてください」

泰はあらかじめ用意しておいた台詞《せりふ》を言った。

「島岡さんが案内してくれれば心強い。ぜひお願いします」

諒子にせがまれての登山であったが、コースが少し心細かったらしい三村が、ほっとしたような声を出した。

海外遠征の経験もあり、険しいバリエーションルートを開拓したアルピニストでも、地元の案内者が付いてくれるのは心強い。

湯俣山荘のその夜の宿泊客は二人だけであった。

「山が一番美しく、登山も真冬に比べて比較的楽な時期にだれも来ません。もったいないとおもいます。ぼくに言わせれば、相撲の三役の取組が始まる時期に、客がみんな帰ってしまうような気がしますよ」

泰は少し嘆くような口調になった。

夏の最盛期には盛り場の歩道並みの混雑を呈する縦走路が、登山者を完全に失って原初の山に返り、高所の山小屋はすべて閉鎖される。

だが、その時期こそ、観客のいない舞台に名優が揃い踏みするように、山々が最も美しい姿を競い合うのである。

「この湯俣も高瀬湖ができてトンネルだらけになってから、登山者がめっきりと減りました。伊藤新道の保守に毎年数百万円かけても、そこを利用する登山者は数えるほどです。伊藤さんや親父が十年の歳月をかけて開通した新道も、いまは虫の息です」

「新道が開通したころは、登山者の列の切れ目がなかったそうですね」

「昔の夢よ、いまいずこです。なんでも近い将来には、大町から葛《くず》温泉までのバスの運行も廃止されると聞いています」

「バスが廃止されるとなると、登山者はタクシー以外には山麓《さんろく》までのアクセスを失いますね」

「お上《かみ》は、山小屋など山に自然発生的に付随しているとおもっているのですよ。山小屋の経営が成り立たなくなれば、その山域の登山者の安全は保障されなくなります。登山者から切り離された山は、もはや登山の対象にはなり得ません。人間とは関わりのない単なる地表の突起物になってしまいます。

登山者にとっての山は人間と関わっている山のことです。山小屋の喪失は人間の山の喪失であり、登山者が築き上げた登山文化の破壊です。高瀬湖の出現は登山者から山を奪うという予期せざる副次効果を現わしたのです」

泰は山荘経営者の言葉を受け売りした。

受け売りではあっても、本人自身もそのように信じている。

山小屋がなければ、山は人間とはなんの関わりもない原初のままの存在である。人間が関わった山が登山の対象となり、観光資源となり、登山文化の素材となる。

大資本の乱開発によって山を破壊したり歪《ゆが》めたりすることなく、山の恩恵を人間につなぐための橋として山小屋はある。

その山小屋をお上も、登山者自身も、原初のころから当然そこにあるべきものとして、山小屋自体のなんの努力もなく、そこにぽんと置かれているかのように錯覚するのである。

山小屋がそこに存在しつづけるためには、山との絶えざる戦いと、保守の努力があることを、お上も登山者もほとんど知らない。

登山者の中には山小屋のおかげで山へ登り、命を救われた者もありながら、山小屋を自然破壊の先兵ぐらいにしかおもっていない者もいる。

だが、山小屋自身にも問題がある。

大資本と結託して山麓と山上をケーブルカーやロープウェーで結び、シティホテル並みの巨大な建物を山につくり、大都会のど真ん中となんら変わらぬ料理、飲食、サービスを供給するようになると、これはもはや山ではなく、標高が少し高いだけの観光地と変わるところはなくなってしまう。

山はあくまでも自分の足で登り、山小屋からは安全の保障と、山の恩恵を得るために必要な最小限のサービスを求めるべきである。

登山者の錯覚と堕落が、山小屋をも堕落させる。

山小屋の堕落は、結局、お上や大企業の乗ずるところとなって、山を巨大観光資本に引き渡していく。

泰は山小屋の従業員として働く間に、経営者の信念を信奉していた。

だが、山が開かれ、登山人口が増大するほどに、山は一部特権階級のようなエリート登山者から物見遊山客まで呼び集めた。

山男（女）善人説は崩れ、登山のルールは破られ、登山者のマナーは低下した。ついにあろうことか山上において犯罪までが発生するようになった。

山荘売上金強奪管理人殺害事件は、山が開かれた結果の最悪の副産物と言えよう。

六年前の冬、北鎌尾根で発生した遭難事件は、それにまつわる疑惑が的中していれば、強殺事件と並ぶワーストな不祥事である。

今日迎えた三村は、あの遭難事件の容疑者である。

本人は、泰が彼に嫌疑をかけていることにまだ気づいていない。

もし三村が北鎌尾根遭難事件の犯人であれば、泰の父を殺し、売上金を奪った犯人に関連していく可能性もある。

泰は三村にかけた嫌疑を確かめるために、季節外れの山小屋を開いて彼を出迎えた。どのようにして確かめるか、具体的な方策はない。

ともかく明日の山行に同行して、臨機応変に探ってみるつもりである。

二人が到着して間もなく、泰はまた意外な客を迎えた。

「燕《つばくろ》と餓鬼《がき》岳の間で登山者が迷ったという通報がきてね、自力で中房《なかぶさ》の方へ下りたことがわかって、久し振りに足を延ばしたんだよ」

熊耳《くまがみ》は太陽の光をたっぷり沁《し》み込ませた相好《そうごう》を崩した。

そのとき泰は、熊耳が三村を追って来た気配を直感した。

東京の棟居から泰に送られてきた写真は、当然のことながら熊耳にも配られているはずである。

棟居から熊耳に、三村が山へ入ったことが連絡されたのであろう。

熊耳が三村を追って来たということは、彼も三村に泰同様の嫌疑をかけていることを示す。

だが、泰は胸の内にめぐらしたおもわくを隠して、熊耳を迎えた。

「今夜は久し振りにうさぎ汁でもしましょう」

湯俣山荘のうさぎ汁は知る人ぞ知る、この小屋の名物料理である。

三村は熊耳のふいの訪問の真の意図には気がつかないらしい。

熊耳は、三村と諒子には初対面であった。

二人が翌日、宮田新道から西鎌尾根を伝って槍ヶ岳へ向かう旨を告げると、熊耳は、

「私も年末を控えて、槍ヶ岳の様子を見たいとおもっています。千天出合《せんてんであい》から天上沢をさかのぼって東鎌へ出ようか、千丈沢をつめて西鎌へ出ようか迷っていたのですが、一人よりはご一緒した方が楽しい。同道しましょう」

三村の返答も待たずに言った。

三村は熊耳の真意も知らず、彼の同道を歓迎しているようである。

明朝の出発に備えて、一同は早々と就寝した。午前一時ごろ、一同は時ならぬ訪問者に眠りを破られた。

泰が戸を開くと、一人の登山者が蹌踉《そうろう》たる足取りで入って来た。疲労困憊《こんぱい》しきっているようである。

唇は紫色になり、足がふらふらして全身が震え、口もきけない。

幸い天候がよかったので、ここまでたどり着けたものの、悪天候下であれば、途中で疲労凍死しそうな状態であった。

驚いた泰と熊耳が登山者を火のそばに連れ込み、熱い砂糖湯をあたえると、ようやく人心地を取り戻してきた。

さらにうさぎ汁を少しあたえると、元気を回復した登山者は、名古屋から来た日比野《ひびの》

と名乗った。同行二人で槍ヶ岳から北鎌尾根を下って来たが、同行者《パートナー》が独標《どっぴょう》の近くで落石を右膝《みぎひざ》に受け、歩行不能に陥り、自分一人で救援を求めるために下りて来たという。

同行者を残して来た場所を確かめると、北鎌尾根でも独標手前の最も険悪な箇所で、どうやらルートを外しているらしい。

氏名勝彦が遭難したとき基点にした千天出合の山小屋には、いまは管理人は入っていない。日比野は同行者を残した地点から湯俣まで歩き通して来たのであろう。

熊耳は直ちに出動すべきか、あるいは朝を待ってから行動を開始すべきか、判断の岐路に立たされた。

現在動ける人数は二人。これだけの兵力で険悪な北鎌尾根から身動きできなくなった遭難者を担ぎ下ろすのは困難である。

「私も同行します」

起き出してきて日比野の手当てを助けていた三村が申し出た。

ベテランの三村が加わってくれれば、心強い。

熊耳が諒子の方へ視線を向けると、

「私はここで待っています。山は逃げるわけではありませんから。遭難者の救助は一刻を争います。私も一緒に行ってお手伝いしたいのですけれど、足手まといになるだけですから」

と諒子は殊勝に言った。

遭難が発生した場合、救助隊の責任者は常に出動の時期について判断を迫られる。

救助を求められたとき、日中の好条件下であれば直ちに出動できるが、日暮れや夜半、あるいは強風雨や猛風雪、さらに雪崩《なだれ》発生の危険があるときなど、出動時期を誤ると、救助隊員の生命を危険にさらし、二重遭難を引き出す虞《おそれ》もある。

救助隊長たる者は遭難者の生命と同時に、救助隊員の生命も預かっている。

遭難者の状況、現場の様子、山の条件、気象状況などを総合的に速やかに検討して、出動時期を決定する。

遭難者が出血していれば、一刻も早く救出しなければならない。

幸いに現在のところ、天候は安定している。

日比野が告げたところによると、遭難者は寝袋とツェルト（緊急野営用テント）を携行し、装備、食料も充分であるという。

熊耳はともかく大町署の山岳警備隊に連絡をして、応援を要請すると同時に、未明に泰と三村の三人で現場へ向かうことにした。

日比野が同行を申し出たが、

「きみはまだ疲労から回復していない。ここで待ちなさい」

と熊耳に説得されて、残留することにした。

十一月二十四日未明、熊耳、三村、泰の三人は行動を起こした。

暁の空にまだ星が残っている。寒気は厳しい。星のまたたきが激しいのに目を向けた

熊耳は、

「天気が変わるかもしれないな」

とつぶやいた。

悪天候になると、救助作業が一段と厳しくなる。

湯俣から北鎌尾根方面に向かって、地図にはコースが記されているが、実際は廃道である。

北鎌尾根には天上沢へ少し入って、北鎌沢・右俣から取りつくのが通常のコースである。

「現場から下手に動かなければよいが」

熊耳が祈るように言った。

遭難者が落ち着いて救助を待ってくれていればよいが、救助隊が到着する前に動きまわると、体力を消耗し、また遭難者の発見が困難になる。岩が積み重なったような沢を登り、二俣から右俣へ入り、狭い谷を一気につめる。谷を突き抜けて草付きの斜面に出たところで太陽が昇った。

星の輝きが急速に薄れて、光がよみがえった。

草つきの傾斜を登り切ると、北鎌尾根の稜線に出た。

しばらく岳樺《だけかんば》や偃松《はいまつ》の尾根を上下しながら、次第に高度を上げていく。天狗の腰掛を越えると尾根は険しい岩相を剝き出し、いよいよ北鎌尾根の核心部にさしかかる。緊張を強いられる登攀《とうはん》を黙々とつづける。

夏季ならば安定しているコースも、雪に隠され、岩の間に氷が張りつめ、至るところに危険な罠《わな》を張りめぐらしている。

険しい岩の突起をいくつも乗り越え、彼らはようやく独標の手前の遭難現場に到着した。槍の穂先が鋭く天を刺し、開いた大展望に登山者が息を呑む場面で、まず遭難者の姿を探し求めなければならない。

2

見当をつけた周辺を手分けして遭難者の名を呼びながら捜索したところ、ようやくルートから外れた岩陰に避難していた遭難者を発見した。

「大丈夫か」

熊耳《くまがみ》が声をかけると、

「大丈夫です」

とわりあい元気な声が返ってきた。

幸い天候がよく、寝袋にくるまり、ツェルトに潜り込んでいたので、体力が温存されていたらしい。

まずは持参して行ったテルモスから熱い蜂蜜《はちみつ》湯を飲ませると、顔に赤みがさしてきた。

「ご迷惑をかけて申し訳ありません」

遭難者は殊勝に謝った。

とりあえず携帯電話で大町署の山岳警備隊本部に遭難者を発見した旨、第一報を入れた。この辺りが大町から携帯電話に電波が届く限界である。

このとき泰《やすし》が、

「熊耳さん、この地点は六年前、寝袋を持参しなかった登山者が遭難した地点ではありませんか」

と言い出した。

一瞬、三村の表情が強張《こわば》ったように見えた。

「そう言われてみればこの辺りだったかな」

熊耳がうなずいた。

「たしかにこの辺りですよ。岩の形や地勢におぼえがある。それにしても、あの遭難者、氏名《うじな》千尋《ちひろ》の兄さんでしたね。どうして厳冬期の北鎌《きたかま》をやるのに寝袋を携行しなかったのでしょうか」

泰が三村の表情を探りながら言った。

「寝袋があれば、この人のように助かったかもしれないが、いまもってあの遭難は不可解だね」

熊耳が救助作業の手を休めずに言った。

「あのとき遭難者はだれかに寝袋を奪われた疑いがありましたが、その後、その捜査はどうなりましたか」

「最近、ようやく手がかりをつかんだよ。近いうちにその人物から事情を聴くつもりだ。とにかくいまはこの人を安全圏に搬出しよう」

熊耳と泰の会話に聞き耳を立てていたらしい三村の顔色が蒼白《そうはく》になった。

比較的元気とは言え、一夜を初冬期、北鎌尾根で露営《ビバーク》した遭難者はかなり消耗している。

応急手当てを加えた後、山麓《さんろく》へ搬出することにした。

本人がまったく歩けないので、最も若い泰が遭難者を担ぎ、熊耳と三村が前後から確保《ジッヘル》することにした。

脆《もろ》い岩が積み重なった岩稜《がんりょう》の下降は、登攀《とうはん》よりも難しい。しかも身動きできない遭難者の搬出作業は、困難を極めた。

遺体の収容よりも生体の搬出作業は、一刻も早く手当てを加えるために時間の制約を受ける上に、搬出作業中、新たに傷つけるようなことがあってはならないので、一層条件が厳しくなる。

遭難者の搬出作業に取りかかったころから、天候が崩れてきた。

優勢な高気圧の張り出しと共に、季節風が強まり、雪雲に伴って秋山から冬山へと変貌《へんぼう》した。

気温は急低下し、風雪模様となった。

この悪条件の下を、遭難者を励ましながら三人は険悪なコースを必死に下降した。

このころから三村の様子がおかしくなった。心ここにあらずといった体《てい》で放心し、足取りが頼りない。

泰を確保《ジッヘル》しているつもりが、自分が逆に確保されるような状況がしばしばあった。

「三村君、どうした。しっかりしろ」

熊耳から叱咤《しった》されて、はっと我に返る。

だが、間もなく放心して足取りが虚《うつ》ろになった。

ベテランの三村にしては考えられないような蹌踉《そうろう》たる足取りである。

だが、疲労しているわけでもなく、体調が急に不調になったのでもなさそうである。

熊耳は、六年前の不審遭難の手がかりをつかんだと言ったことが、三村に衝撃をあたえたと睨《にら》んだ。

「三村君の様子がおかしい。ぼくがジッヘルするから、彼は当てにするな」

熊耳は泰の耳にささやいた。

泰も三村の異常を察知していたようである。

険悪な尾根をようやく乗り越えて、千天出合の小屋に達したとき、意外にも諒子《りょうこ》と日比野《ひびの》が出迎えてくれた。

三村がめっきり戦力を失った後の熊耳と泰の二人の悪戦苦闘による救出であっただけに、諒子たちの出迎えは殊の外嬉《うれ》しかった。

諒子はテルモスに熱い飲物と食物を持って来てくれた。

千天出合で生色を取り戻した彼らは、無事に遭難者を湯俣《ゆまた》小屋に収容した。遭難者の負傷も手当てに緊急を要する性質のものではない。湯俣で応急の手当てを加えた後、救急車が名無沢《ななしざわ》の手前のダム尻《じり》まで、遭難者の搬送に来ることになった。

湯俣山荘で遭難者の手当てをしている間に、応援の救助隊員が到着した。

応急手当てを受け、温かい飲食物をあたえられた遭難者は、遭難したことが嘘《うそ》のように元気になっていた。

だが、救急隊員が見立てたところ、負傷部位の膝《ひざ》は複雑骨折を起こしているということである。

一見、元気を取り戻した遭難者に比べて、三村は完全に生気を失っていた。

応援の救助隊員は、三村を遭難者と見誤ったほどである。

救急作業が一区切りついたところで、熊耳が三村に声をかけた。

「三村さん、大丈夫かね」

「大丈夫です」

三村は空《から》元気をつけた声で言った。

「顔色が悪いよ」

「少し疲れたのだとおもいます」

「そうか。せっかくお二人の楽しい山行を台なしにしてしまったね」

「いいえ、山男の仁義ですから」

「そうだね。遭難者を前にしては、引き下がれないなあ。しかし、あの遭難者は不幸中の幸運だった。天候がよかったし、装備もしっかりしていた。なによりも寝袋に潜り込んで、動かなかったのがよかった。六年前の同じ地点での遭難者は、寝袋を持っていなかったからね。厳冬期、寝袋なしで北鎌尾根で露営《オカン》したら、自殺するようなもんだよ」

熊耳は三村の表情を探りながら言った。

かたわらから泰が二人の会話をうかがっている。

「厳冬期、寝袋を持たずに北鎌尾根を登るのは無謀ですよ」

「あなたもそうおもうだろう。しかし、遭難者の身内……あなたも知っているとおもうが、その遭難者の妹は氏名千尋なんだが、彼女の言葉によると、兄は寝袋を持っていたそうだ。それが遭難現場には寝袋はなかった」

「遭難者が寝袋から這《は》い出して、動きまわったのではありませんか」

「それだったら、寝袋が残っているはずだよ。現場にあるはずの寝袋が失われていた。そこで、同じ地点を通りかかったべつの登山者が、遭難者から寝袋を奪ったのではないかという疑いが生じた」

「山をやる人間に、そんな不届き者がいるはずがありませんよ」

「私もそうおもった。だれでもそうおもうだろう。しかし、遭難現場とその周域をどんなに綿密に探しても、寝袋は発見されなかった。遭難者が携行した他のすべての登山用具は回収されたが、寝袋だけが失われたままだった。たまたま現場を通りかかった他の登山者が、遭難者から寝袋を奪ったとしか考えられない」

「山男にそんな人間がいるはずはありません」

三村は同じ言葉を繰り返した。

「私もそう信じたい。しかし、遭難者の遺族の証言と現場の状況が、登山者にもあるまじき忌まわしい疑いを裏書きしている」

「それがぼくにどんな関係があるのですか」

三村がたまりかねたように言った。

熊耳は三村の言葉を待ち構えていたように、一枚の写真を差し出した。

「この写真に写っている人物は、あなただね」

三村は熊耳が差し出した写真に訝《いぶか》しげな視線を向けた。

「ぼくのようですね」

「まちがいなくあなただ。こちらはこの写真を拡大したものだよ」

熊耳はさらに拡大写真を三村に指し示しながら、

「写し込まれている撮影日付を見てください。六年前の十二月二十一日となっている。あなたはこの日付におぼえはないかね」

熊耳に問われた三村は、

「カメラの撮影日付などはモードスイッチの切り替えによって、いくらでも修正できます」

　三村がややきっとなった口調で切り返した。

「おかしいね。私はただ、この撮影日付に記憶があるかどうか尋ねただけだよ。撮影日付が修正されたかどうかを問うたわけではない。それともあなたには、この日付では都合の悪いことでもあるのかね」

　熊耳に問いつめられて、三村は咄嗟《とっさ》に返す言葉につまった。

「この撮影日付と同じ日の夜、湯俣山荘に一人の登山者が宿泊した。彼は翌日、北鎌尾根を志して山荘を発《た》ったが、彼の出発した後、寝袋が置き忘れられていた。その夜、気がついた山荘の管理人は翌朝、その寝袋を持って登山者のあとを追いかけ、北鎌尾根の、今日遭難者を収容した同じ地点で遭難死体を発見した。その遭難者は寝袋を持っていなかった。

　一方、この写真の撮影者は撮影日付前夜、湯俣山荘に泊まって、下山途中、この写真を撮影した。撮影者の宿泊日から判断しても、撮影日付に誤りはない。撮影者は枕《まくら》が替わると眠れないそうで、湯俣山荘にも自分の専用枕を持参した。

　彼は帰宅後、枕を湯俣山荘に置き忘れたことに気づいた。枕は発見されなかった。他人の枕など故意に持ち去る者があるはずがない。枕と寝袋は外観が同じようなザックにつめられていたので、登山者が寝袋とまちがえて枕を持ち去ったと推測された。

　その登山者とは、枕の所有者であるこの写真の撮影者と撮影日に湯俣林道ですれちがったあなたではないのか」

熊耳は一気につめ寄った。

「とんでもない言いがかりだ。おれがその日に湯俣山荘へ泊まったという証拠がどこにある」

三村が言葉遣いを崩した。

「撮影者の枕は遭難者の遺体の近くにあった。遺族は遭難者の遺品とおもって保管していた。つまり、湯俣山荘に宿泊した登山者が寝袋とまちがえて枕を遭難地点まで運んだのだ。登山者と枕の接点は湯俣山荘以外にはない。撮影日付にこの山域に入山した登山者は、遭難者と枕の所有者に撮影されたあなたの二人しかいない。すなわち、あなたが遭難地点まで枕を運び、遭難者から寝袋を奪い取ったのだ」

一挙に肉薄した熊耳の気迫に圧倒されて、三村は、

「ぼくは……ぼくは」

と唇を震わせて、返す言葉につまった。

「あなたがあくまでも言いがかりだと言い張るなら、枕の所有者に面通しをしてもらおうか。撮影者の撮影日付に誤りがないことは、湯俣へ入る前に泊まった葛《くず》温泉からも裏付けを得ている」

「面通しでもなんでも、お望みとあらばしますよ。湯俣林道で撮影者とすれちがったことが、どうして私が遭難者から寝袋を奪ったことに結びつくのですか。湯俣から伊藤新

道を登って三俣《みつまた》方面へ行ったかもしれないし、荒れた道ではあっても燕《つばくろ》方面へ登ったかもしれない。湯俣から奥の道よりもましですよ。私も山岳会では少しは知られている人間です。山のルールにもとるようなことはしません」

いったん熊耳に追いつめられたかに見えた三村は、土俵際で立ち直った。

「三村さん、この写真を拡大した意味がわかるかね」

そのとき三村の目には、熊耳がにんまりとほくそ笑んだように見えた。

三村がその言葉の意味を測りかねて黙っていると、

「この写真はね、あんたの特徴をつかむために拡大したのではない。あんたの特徴は拡大するまでもなく、オリジナルのサイズではっきりと捉えられている」

熊耳は言った。あなたがあんたになっていた。

三村には熊耳のほくそ笑いの底に含まれているものがつかめない。

「この写真を見てもらいたい」

熊耳が三枚目の写真を差し出した。それは被写体の襟元をさらに引き伸ばした写真である。肝心の顔が欠けている。

欠落した顔の部分が、熊耳が言った拡大の意図を不気味に暗示している。

「襟元をよく見てもらいたい。バッジが写っているだろう。ピッケルのバッジだよ」

熊耳に示唆《しさ》されて、襟元を見ると、ピッケルを象《かたど》ったバッジが付いている。

「このバッジは三俣山荘が登山者の記念品として売っている土産品だよ。ピッケルの形に風格があって、登山者はもちろん、好事家のコレクションの対象にもなっているらしい。

このバッジが五年前、三俣山荘の売上金を運搬途中、強盗に襲われた管理人と共に殺された犬の口の中から出てきたんだ」

「ば、馬鹿な。それこそ途方もないでっち上げだ。あんたもいま言ったように、山小屋の記念品として売られていたバッジなら、同じ品がいくらでもあるじゃないか」

立ち直った三村がせせら笑った。

「同じ種類のバッジは二千ほど売られているそうだ。山荘の経営者から確かめた数だよ。しかし、このバッジは一つしかない」

「だからどうして同一のバッジだと証明できるんだね」

「拡大されたバッジをよく見て欲しい。ピッケルの先端が少し折れている。製造の過程でそうなったとおもうが、そんなバッジは一個しかないよ。写真を拡大して、つい最近気がついたばかりなんだ。実物と拡大写真のピッケルの折れ口を顕微鏡検査にかけて比較したところ、同一物と確定された。

強盗に襲われた被害者は、寝袋と枕をまちがえた登山者が湯俣山荘に宿泊したとき、そこの管理人をしていた。彼はその登山者の素性を知っていた。そして、登山者が遭難者から寝袋を奪ったことを察知した。つまり、あんたは管理人に致命的な弱味を握られてしまった。

そこで管理人を殺害し、売上金を強奪する一挙両得の犯行によって管理人の口を封じ、大金を手に入れたのだ。

だが、主人を守るために反撃してきた飼い犬に、バッジを嚙《か》み取られた。

ピッケルはアルピニストの魂だ。その魂によって、あんたの犯行が告発されたんだよ。あんたはピッケルに裏切られたんだ。いや、あんたがピッケルを裏切り、ピッケルから復讐《ふくしゅう》されたんだよ」

熊耳はぴしりと止《とど》めを刺すように言った。

遭難者の救助は意外な副産物をもたらした。むしろ遭難事件が予期せざるアクシデントであった。たまたま遭難発生地点が六年前の疑惑の遭難事件発生地と重なり合うという偶然が、三村に衝撃をあたえ、彼を追いつめたと言うべきであろう。

大町署に任意同行を求められた三村は、供述を始めた。

「氏名勝彦さんの寝袋を奪ったのは私です。でも、私が氏名さんを発見したときは、彼はすでに死んでいました。彼が生きていれば寝袋を奪うようなことはしません。

現場に到達したとき、疲労困憊《こんぱい》しておりました。露営《ビバーク》を決意して、寝袋と枕を取りちがえて来たことに気づいたとき、私は絶望しました。そのとき私が露営しようとした岩陰に、寝袋に入って死んでいた氏名さんを見つけて、彼の寝袋を借りたのです。生き残るために死者の遺品を借りる以外に、方法はありませんでした。

しかし、後になってそれを申し立てても信じてもらえないとおもって、黙っていたのです」

三村の申し立ては刑法の法理にある緊急避難に該当する。

すなわち、自分の生命に対する危難を避けるために、やむを得ず取った処置が、その処置によって生じた害よりも、避けようとした害の程度を超えない場合、違法性を問われないとする法理である。

生命の危険に瀕《ひん》した自分の命を守るために、死者の遺品を用いることは緊急避難として違法ではなくなる。

しかし、その時点に遭難者が生きていたか死んでいたかは、当人以外にはわからない。

巧妙な言い訳であった。

「それなら、なぜその場に寝袋を残していかなかったか」

熊耳は問うた。

その方が後日の疑いを招くことにならず、もし遭難者が寝袋を奪った時点に生きていたとしても、遭難者を寝袋の中に戻しておけば、完全犯罪が成立する。

「うろたえていて、寝袋を持って来てしまったのです。寝袋は疑惑を招くもととなるとおもって、下山後、焼却してしまいました」

熊耳はそうではないとおもった。氏名勝彦の寝袋を奪って、一夜をしのいだ後も、進むにしても退くにしても寝袋なしでは自信がなかったのだ。だから有無を言わせぬ危険な証拠となる寝袋を捨てられなかった。

だが、いまとなっては三村の緊急避難の口実を覆す反証がない。

氏名の遭難の責任は緊急避難で逃れても、島岡太一強盗殺人事件は逃れられなかった。三村は氏名勝彦の遭難については、緊急避難に逃げ込むことによって少しでも罪の減刑を図ったのであろう。

三村の供述はつづく。

「三俣蓮華山荘売上金強奪計画は高原恭平《たかはらきょうへい》から持ちかけられました。高原は山荘売上金の輸送ルートと方法や警備など、詳細に研究して、計画を立てていました。現金の搬送には管理人が一人で当たり、犬を一匹連れているだけで、護衛は付かないということでした。

湯俣林道の名無沢《ななしざわ》付近で待ち伏せして襲えば、万に一つの失敗もない。覆面をすれば、顔もおぼえられない。金を奪った後、管理人の身体を拘束して樹林帯の中に隠して、大町市方面に逃走すれば、管理人が発見されるまでには安全圏に到達できる。湯俣林道はダム工事の作業員が入っているだけで、登山者はほとんど通行しない。少なくとも一千万円の金が奪《と》ってくれと言わんばかりに、無防備に運ばれる。二人でやれば絶対に成功すると、熱心に口説かれました。

当時、ヒマラヤ遠征の自己負担金の捻出《ねんしゅつ》に苦しんでいた私は、高原の計画に乗りました。

ところが、予期しないことが起きました。犬が突然、歯を剝《む》き出して高原に襲いかかって来たので、逆上した高原が犬をピッケルで打ち殺してしまったのです。それを見た管理人が怒って、高原につかみかかったので、騎虎《きこ》の勢いで高原は管理人にピッケルを振り下ろしました。

驚いて私が止めようとしたときは、すでに管理人は頭から血を流してぐったりとしていました。

私は高原に金を奪うのは協力しても、人を殺すつもりはなかったと激しく抗議しました。

高原は、いまさらおりられない。人を殺そうと殺すまいと、あんたは共犯だとせせら笑いました。

やむを得ず樹林帯の中に穴を掘り、島岡と犬を埋めて、金を奪い、湯俣林道を下って大町から列車で東京へ逃げました」

「被害者の管理人は、あんたが北鎌尾根を登ったとき拠点にした湯俣山荘の管理人をしていた島岡さんだ。島岡さんはあんたの素性を知っていた。あんたが氏名勝彦さんの寝袋を奪ったことを突き止めて、あんたに名乗り出るように勧告していたんだろう。あんたにとっては島岡さんを殺すことは、自分の山の犯罪を隠し、大金を手に入れる一挙両得の犯行だった。死人に口なし。あんたが島岡さんを殺して、その罪を高原恭平になすりつけようとしたのだろう」

「ちがう。島岡さんは私を知らなかった。私に名乗り出るように勧告したこともない。

私は氏名さんの寝袋を借りて北鎌尾根で命拾いをしたが、島岡さんに対して疚《やま》しいことはしていない。だから、島岡さんを殺す理由もない。高原が島岡さんを殺したのは、私もまったく予想もしなかったことです」

と三村は言い張った。

彼の主張は巧妙を極めている。氏名勝彦の遭難については、緊急避難に逃げ込み、島岡太一強盗殺人事件に関しては、すべてを高原になすりつけている。

だが、いまとなっては三村の主張を覆す反証がない。

「犬がくわえ取ったのは、あんたのバッジだった。もし高原を反撃していれば、犬があんたのバッジをくわえ取るはずがないだろう。あんたは犬に反撃されて逆上し、犬を殺し、余勢を駆って島岡さんを殺した。あるいは最初に島岡さんを殺して、飼い主を守るために反撃してきた犬を殺したのかもしれない」

「ちがう。高原が管理人を殺そうとしたので、それを止めようとしたところ、犬が嚙みついてきて、私のバッジをくわえ取ったのだ」

「最初の供述では犬を殺したので、島岡さんが怒って高原につかみかかってきて、高原が騎虎の勢いから島岡さんを殺したと言っていたぞ」

「前後はよくおぼえていないが、私は夏山にピッケルを持って行かない。ピッケルを持っていたのは高原だ」

その場に居合わせた証人（犬）は、三村以外すべて死んでいる。

「中谷雄太さんを殺したのも、あんただろう」

島岡太一強殺事件の追及をひとまず留保した熊耳は、質問の鉾先《ほこさき》を転じた。

「私がどうして中谷を殺す必要があるのですか」

三村が逆に問い返した。

「中谷さんを加えて、あんたと高原恭平はエギーユ山岳会の三羽烏《さんばがらす》と呼ばれた山仲間だ。中谷さんはもしかすると島岡さんを殺害して、山荘売上金を奪った一味ではなかったのかね。高原が遭難した後中谷さんを殺せば、あんたの犯罪を知っている者は一人もいなくなる。そこで共犯者の口を封じたのだろう」

「とんでもない言いがかりです。中谷は山荘売上金の強奪とは一切関わりない。高原は計画を中谷には持ちかけなかった。中谷には馬鹿正直なところがあったので、高原は中谷を外したのです。私には中谷を殺す理由がありません」

「それでは聞くが、九月二十九日午前零時前後、どこで、なにをしていたのか」

「アリバイですか」

「あんたは中谷さんが殺された事件についても、深刻な位置に立っているんだよ」

「中谷は氏名千尋と婚約したときから、もう山仲間ではありませんでしたよ。あいつは氏名千尋のヒモに成り下がったんだ」

三村は吐き捨てるように言った。

「管理人を殺して山荘の売上金を強奪するよりも、ヒモになった方がましだろう」

熊耳がぴしりと言った。

「売上金は高原と山分けしましたが、管理人は殺していません」

三村はまだ言い張った。

結局、三村の主張は、
①氏名勝彦の死因は緊急避難。
②島岡太一強盗殺人事件は売上金のみ共同し、殺人には加担していない。
③中谷雄太殺しは否認。
に要約された。

3

三村明弘の逮捕と供述は、碑文谷《ひもんや》署の捜査本部に連絡された。

捜査本部は三村の供述の内容に緊張した。

棟居《むねすえ》が配布した写真が、予想以上の成果を引き出したが、本命担当事件の犯罪事実は否認している。

棟居の推測では、山荘管理人強盗殺人事件は三村、中谷の共犯であった。

犯行動機は共犯の口封じ。だが、三村が中谷の共犯を否定すれば、さしずめ中谷殺しの動機が失われる。

「野郎、ふざけやがって。自分にとって都合の悪いことはすべて死者になすりつけて、最小限の罪だけを引き受けようとしている」

　水島が悔しげに言った。

「しかし、それを覆すだけの反証もありません。飼い犬がくわえ取った三村のバッジは、彼が山荘売上金強奪に関与している証拠にはなっても、氏名、島岡、中谷を殺害した証拠にはなりません。

　三村は証拠のカバーする範囲を知っているのですよ」

「氏名と中谷殺しはともかく、島岡強殺事件は、三村がいくら否認しても共同正犯の罪は免れません」

　たとえ殺人の実行にたずさわっていなくとも、共犯者の犯した罪については共同して責任を負わなければならない。

「彼は情状酌量を狙《ねら》っているのですよ。三人の死にいずれも関与した疑いがありながら、すべての死因の責任を回避している。巧妙なやり口です」

　三村の身柄は大町署に留置されて、引きつづき検察の取調べを受けていた。

　大町署に棟居と水島が出張して、中谷殺しについて事情を聴くことになった。

　大町署で三村とまみえた棟居は、中谷について集めた情報に基づいて組み立てた自分の推測をぶつけた。

「きみは中谷さんから脅迫、あるいは恐喝《きょうかつ》されていたのではないのか」

「私がなぜ中谷から脅迫されなければならないのですか」

三村が問い返した。

「中谷さんは六年前の十二月下旬、当時勤めていたスポーツ用品店から山へ行くと言って休暇を取っていた。ところが、休暇直前に軽い交通事故を起こして、五日間、入院した事実がわかった。そのとき中谷さんは北鎌尾根登山にきみと同行する予定ではなかったのか。つまり、中谷さんはきみが北鎌尾根へ行ったことを知っていた。そして、氏名勝彦さんの遭難の原因がきみにあることを察知して、きみを脅迫、あるいは恐喝していたんだろう。きみにとって中谷さんを殺すことは、島岡さんを殺したのと同様、一石二鳥、いや、中谷さんが島岡さん強盗殺害事件に加わっていたなら一石三鳥の犯行ではなかったのか」

棟居は一気に核心に切り込んだ。

「馬鹿ばかしい。もし中谷が山荘売上金強奪の共犯であれば、私と対等の立場になって、私を恐喝するはずがないでしょう。私が捕まれば、中谷も一蓮托生《いちれんたくしょう》になります。また、もし中谷が氏名さんの遭難の死因に私を疑ったとしても、六年前の遭難事件を原因として、なぜいまごろ中谷を殺さなければならないのですか」

「中谷さんは、きみと高原から山荘売上金強奪計画を持ちかけられたが、断ったのかもしれない。彼が犯行に参加せず、犯行計画を知っていれば、きみにとっては脅威だったはずだ。また六年前の氏名さんの遭難事件にしても、中谷さんが氏名さんの妹の氏名千尋と婚約したことによって、中谷さんがいつ遭難の真相を告げるかもしれないと、きみは脅威をおぼえたのではないのか」

「それはあなたの個人的な推測であって、なんの証拠もないことではありませんか」

「きみは中谷さんが殺害された当夜、どこで、なにをしていたのか」

つまるところ、三村のアリバイが焦点となった。

三村明弘は九月二十九日、中谷雄太が殺害された時間帯、当時、アルバイトをしていたビル清掃会社の作業車を運転して、都内を移動中であったと答えた。

ビルの清掃は社員のいない休日や、深夜を選んで行なうということである。

だが、作業車に同乗していた者はいない。作業車で犯行現場に乗りつけ、中谷を殺害することは可能である。

「作業車を運転して移動中であったというなら、当日、きみが車を運転したコースと時間をおもいだせる限りおもいだしてもらいたい」

棟居に問いつめられて、

「当夜午前零時ごろ、柳橋《やなぎばし》のビル清掃の後片づけを終えて、靖国通りから青梅《おうめ》街道を次の作業現場のある荻窪《おぎくぼ》へ向かって、作業車を運転していました。荻窪の作業現場に着いたのは午前一時ごろです。先着した仲間たちが知っています」

と三村は答えた。

「柳橋から荻窪まで一時間もかかったのか」

棟居は追いすがった。

このコース途上、南青山の犯行現場に立ち寄れる。

「中野坂上の辺りでラーメンを食って行きました」

「ラーメンを食っただと。そんなことは聞いていなかったよ」

「私も忘れていたのです。中野坂上の交差点を過ぎた辺りで、ラーメンの屋台を見つけたので、車を停《と》めてラーメンを食いました」

「それは何時ごろのことかね」

「零時三十分ごろだとおもいます。腹が減っていたので、ラーメンを二杯食って、少し休んでから出かけました」

「どのくらい休んだんだ」

「先客が何人か待っていたので、そこで雑談を交わしながら、十五分ぐらいは居たような気がします」

棟居は三村の言葉の内容を吟味した。

被害者の死亡推定時間は午前零時から午前一時の間である。午前零時に柳橋を出発して、南青山の犯行現場に立ち寄り、犯行を終えた後三十分以内に中野坂上に達するのは難しい。

また、ラーメンを食した後、中野坂上から犯行推定時間帯内に犯行現場へ引き返すのも無理であろう。

だが、午前零時に犯行現場に到着していれば、あるいは三十分以内に中野坂上まで到達できるかもしれない。

「午前零時に柳橋のビルを出たということだが、それを証明できるのか」

「それでしたら、ビルの守衛が私が車を運転して出て行くのを確認していますよ」

死亡推定時間には多少の誤差があるものであるが、三村の供述通り、午前零時に柳橋を出発し、午前零時三十分、中野坂上でラーメン休憩を十五分ほど取り、午前一時に荻窪へ到着するまでの間に、南青山での犯行時間を挿入するのは不可能であろう。

それに柳橋の出発時間と荻窪の到着時間の裏づけが取れれば、被害者の死亡推定時間の誤差は関係なくなってしまう。

途中のラーメン休憩がなくとも、柳橋—荻窪間の移動中に南青山の殺人を挟むのはかなり難しい芸当である。

三村のアリバイの焦点は、途中のラーメン休憩に絞られてきた。

「そのラーメンの屋台は毎晩出るのかね」

「知りません。たまたまそこを通りかかって見つけたのですから」

三村がアリバイ工作として屋台を持ち出したとすれば、巧妙である。

屋台の出店場所は一定していない。客の集まりそうな場所を狙って移動しているが、屋台によって好みの場所に定着する者もある。

仮に同じ場所にその屋台を探し当てられたとしても、屋台に当夜の三村の印象が残っているかどうか疑問である。

三村の供述に基づいて、早速、台東区柳橋三丁目のリバーサイドビルに問い合わされた。

その結果、九月二十九日午前零時、三村が同ビルを出た事実を、当夜の守衛が裏づけた。また荻窪の作業場には午前一時に三村が到着したことを、彼の同僚が証言した。

ここにアリバイの上限と下限は確認された。

だが、中野坂上の屋台の裏づけが取れなかった。

周辺に聞き込みをしたところ、たしかに中野坂上の交差点近く、ガソリンスタンドの脇《わき》にラーメンの屋台が時どき出店するという情報が得られたが、なかなかその屋台を捕まえられない。

屋台が出店する近くのガソリンスタンドに屋台を見かけたなら、連絡してくれるようにと依頼した。

依頼して数日後の夜、ガソリンスタンドの従業員から、いま屋台が出ているという連絡がきた。

棟居は水島と共に中野坂上に急行した。

中野区本町二丁目、青梅街道脇にラーメンの屋台が出ていた。

評判の屋台とみえて、路上に数台のタクシーが駐車していて、屋台の前では一塊の客が待っていた。

闇《やみ》の中に灯《あか》りが潤んで、冷たい夜気に温かそうな湯気が立ち上っている。うまそうなにおいが鼻腔《びこう》を刺激した。

「ここのラーメンは評判でね、わざわざ遠くから駆けつけて来るんだ」

「おやじが気まぐれで、気が向かねえと店を出さねえから、めったにありつけねえよ」

先客がそんな言葉を交わしている。

こんなに繁盛していては、二ヵ月以上も前の通りすがりの客の記憶を求めるのは無理であろう。

棟居と水島はラーメンを食いに来たわけではないが、屋台の主人に話しかけるきっかけを待っている間に、胃袋に刺激を受けて、先客に倣《なら》って注文した。

やがて出されたラーメンは、たしかに評判通り尋常ならざる仕込みをうかがわせるこくのあるスープと、充分に吟味された腰のあるそばと具が一体となった絶品であった。

どんぶりもおやじのこだわりを示すように、使い捨てのプラスチックではなく、本格的な中華どんぶりを用いている。

昔懐かしい支那《しな》そばがそこにあった。

ガソリンスタンドと契約しているのか、洗車用の水道蛇口にホースをつないで、使用後のどんぶりを流水で洗ってくれるのも気持ちいい。

棟居と水島は本来の目的を忘れて、ラーメンならぬ支那そばをすすった。

そばを胃の腑《ふ》におさめ、スープをすすり終えたころ、ようやく本命の要件をおもいだした。

「九月二十九日の午前零時三十分ごろ、山中環境整備とボディに書かれたビル作業車を運転したこの男が立ち寄ったはずだが、おぼえていないかね」

水島が三村の顔写真を屋台のおやじに示した。

写真に視線を向けたおやじは、

「ああ、この人ならよくおぼえているよ。二杯食った後、仲間に五杯持って行きたいと言った人だ。うちのラーメンは持ち帰ったのでは本来の味が出ないと断ったが、よほどうちのラーメンが気に入ったようだね」

屋台のおやじはまんざらでもなさそうな顔をして言った。

「おぼえている。それは何時ごろだったね」

半ばあきらめていたのが、打てば響くような反応に、二人は上体を乗り出した。

「ちょうど零時三十分だったな」

おやじの答えは明快である。

「どうしてそんなによくおぼえているのかね」

「大体来る客の顔ぶれと時間帯が決まっているんだよ。亀の子の源さんがちょうど来合わせて、時間を確かめたから、まちがいない。源さんはいつも零時三十分に来るので、時報代わりにされている」

「亀の子の源さんとは」

「亀の子タクシーの源さんだよ。タクシーの稼ぎどきは午後十一時から午前一時の間だがね、零時半から一時の間に売り切れになってしまうことがあるので、零時三十分には必ず立ち寄ってくれるんだよ。うちのラーメンを食わねえと、その日が終わらねえと言ってね」

「それで、この男が帰ったのは何時ごろだったね」

「あの夜はお客が立て込んでいてね、しばらく待たせちゃったな。十五分か二十分はいただろうね」

ここに三村のアリバイは成立した。

たとえ電光石火にラーメンをすすり込んだとしても、中野坂上から南青山へ行って犯行後、午前一時までに荻窪へ行くのは不可能である。

「二十九日の夜ということはまちがいないかね」

水島が念を押した。

「屋台を出した日は手帳につけているよ。二十九日、土曜日の夜はまちがいなくこの場所に屋台を出していたよ」

おやじは断言した。

「なにかアリバイに工作をしていませんかね」

三村のアリバイが確立した後も、水島は未練げにこだわっていた。

「屋台のおやじがその夜初めて立ち寄った三村のために、偽証しなければならない理由はありません。

それに、三村が主張したように、中谷が島岡強殺事件の共犯者であれば、もっと早く口を封じたはずです。氏名千尋と婚約したので、にわかに中谷に脅威をおぼえたという想定も、中谷が氏名勝彦の遭難原因について真相を知っていなければ成立しません」

「やはり三村は中谷殺しに関してはシロでしょうか」

「どうもその公算が大きくなってきたようですね」

気負いが強かっただけに、捜査本部の失望は大きかった。

捜査本部では捜査方針を再検討する必要に迫られた。

那須《なす》警部が、連携すると目された各事件の概要を解説した。

「第一の事件は六年前の十二月二十三日に発生した。氏名勝彦、当時二十四歳が北鎌尾根独標付近において遭難死体となって発見された。発見者は当時、湯俣山荘の管理人島岡太一。氏名の身辺に携行したはずの寝袋が発見されず、前夜、湯俣山荘に宿泊した三村明弘が寝袋を同山荘に置き忘れて、現場付近ですでに凍死していた氏名から寝袋を奪ったと供述した。

三村は氏名から寝袋を奪った時点に、氏名が生存していたかどうか証明できない。三村の申し立て通り、これが緊急避難だとすれば、三村の行為は違法ではなくなる。

そして翌年、いまから五年前の八月十日、三俣蓮華山荘の売上金を運搬していた島岡太一は、その途上、三村と高原恭平に待ち伏せされて殺害され、売上金を強奪された。

この犯行においても、三村は島岡殺害は高原一人によって実行されたと主張している。

三村の主張によって、彼の共同正犯が免ぜられるものではないが、三村の主張を覆す反証もない。

三村が島岡強盗殺害事件の共犯者であることが判明して、三村、高原と共にエギーユ山岳会の三羽烏であった中谷の同犯行に対する関与が疑われてきた。

また中谷が三村の北鎌尾根登山計画を知っていれば、中谷の存在は三村にとって二重の脅威となったと推測されたところから、中谷殺害事件における最有力容疑者として浮上してきた。

しかしながら三村のアリバイが成立して、彼が容疑圏外に去ってみると、捜査を振り出しに戻して、改めて検討しなければならない。

「諸氏の忌憚《きたん》ない意見を聞きたい」

那須の解説の後、束《つか》の間《ま》、沈黙が屯《たむろ》した。

最初に口を開いたのは山路《やまじ》である。

「もともと三村の容疑性は曖昧《あいまい》だった。三村が中谷、高原と共にエギーユ山岳会の三羽烏と呼ばれた中核メンバーであったところから、中谷殺しに関《かか》わっていると勝手に推測しただけで、それを裏づける具体的な根拠があったわけではない。

三村が氏名勝彦の遭難と島岡太一強盗殺害事件との関わりを自供したことによって、中谷殺しとの関連性を導き出しただけであって、前の二件に関わっていたからといって、中谷の事件に関わっているとは限らない。

この事件《ヤマ》は、被害者の線から氏名千尋の人間関係に軌道修正すべきではないか」

山路の発言の前に、捜査会議はしばらく寂として声がなかった。

もともと山路は氏名千尋の線を強く主張していたのである。

「中谷が殺害される前に発見された山荘売上金強奪殺人事件の被害者は、本件と無関係と考えてよろしいのですか」

ようやく水島が口を開いた。

「無関係と考えても一向に差し支えない」

「しかし、中谷も山荘管理人強殺事件が発生する前まで、被害山荘でアルバイトをしていて、売上金の運搬状況を知悉《ちしつ》していたと考えられますが」

「それがどうしたというのかね。山荘で働いていた者は、三村や中谷だけではあるまい。同山荘で働いた者すべてが容疑者の列に並べられるんだ」

「しかし、氏名千尋の人脈はすべて洗って、シロくなっていますが」

碑文谷署の日下部《くさかべ》が反駁《はんばく》した。

「あれだけのアイドルだ。見えない人脈が潜んでいるかもしれない。あるいは我々の捜査に盲点があったかもしれない」

山路の盲点という言葉が、棟居に衝撃をあたえた。

三村自身が盲点の中に潜んでいた。島岡太一の死体が発見された後、棟居は中谷を疑っていた。三村は中谷の背後に隠れていた。

中谷が殺されて三村が浮上してきたが、中谷が殺されなければ、依然として中谷をマークしていたはずである。

中谷が殺された後も、彼を島岡強殺事件の共犯者として疑っていた。

三村の背後に潜んでいる者がいるとすれば、だれか。

山路は氏名千尋の線に軌道修正すべきであると主張しているが、中谷の身辺もさらに洗い直すべきではないのか。

三村が浮上してから、中谷の身辺調査は留保された形である。

これまで中谷の身辺については、三村との関係掘り下げに主力が注がれて、彼のすべての人脈が追われたわけではない。

また、その人脈も事件発生時点に接近した人間関係に絞られ、過去へさかのぼっていない。

犯行動機を生前、現役の人間関係に追い求めるのは捜査の常道であるが、すでに風化したと目される過去に動機が潜んでいることも珍しくない。

山路の示唆は捜査の偏向を的確に指摘していた。

「三村のアリバイ工作の余地はありませんか」

那須班の河西《かさい》刑事が発言した。

「ラーメン屋台のおやじの証言は信じてよいとおもいます。仮に屋台に立ち寄らなかったとしても、三村の犯行は極めて曲芸的になります」

三村のアリバイの裏づけ捜査をした棟居が言った。

三村を本命容疑者と睨《にら》んでいた棟居にとっては、三村のアリバイが不動であることを認めるのは悔しかった。

捜査本部にとって軌道修正を迫られるのは屈辱感が深い。

だが、三村は中谷殺しの犯人適格条件を欠いている以上、在来の軌道にこだわってはいられない。

ここに捜査は振り出しに戻った。

最後のネック

1

捜査方針の転換を期して、中谷雄太《なかたにゆうた》の身の上が改めて調べ直された。

中谷は岐阜《ぎふ》県大垣《おおがき》市出身、地元の高校を卒業後、東京のP私大に入学した。

高校時代から山に登り始めて、P大入学と同時に、同大山岳部に入部したが、その登山姿勢に飽き足りず、一年で退部して、エギーユ山岳会に入会した。

同山岳会に入会後は、山小屋やスポーツ用品店、ビル清掃業などのアルバイトに精を出し、山行費用を稼ぎ出しては山へ登る生活をつづけ、授業にはほとんど顔を出さなかった。

留年二年目にして、ようやくP大を卒業後、フリーターとして山岳関係のアルバイトを転々としていた。

この間の彼の山の足跡は目ざましい。高原恭平《たかはらきようへい》、三村明弘《みむらあきひろ》と共にエギーユ山岳会を日本有数の先鋭な社会人登山団体に押し上げると共に、クライマーとしての足跡を残した。

学生時代からほとんど山中心の生活で、アルバイトは生活のためではなく、山へ登る資金を稼ぎ出すためであった。

勢い山至上主義の生活には、特定の女性関係も見当たらない。

殺人の動機となるような情痴、怨恨《えんこん》を培《つちか》う下地は氏名千尋《うじなちひろ》と婚約する以前は皆無と言ってよかった。

結局、考えられる動機関係としては、氏名千尋の線に絞られてくる。

軌道修正後、被害者関係の再捜査の間に、年が替わった。

時間だけが虚《むな》しく経過して、捜査のめぼしい成果は一向に上がらなかった。

この間、三村明弘は島岡太一強盗殺害の罪で起訴された。

捜査が虚しく空転して、捜査本部には焦燥と疲労が重なっていた。

次々に発生する事件に、捜査員は間引かれていく。

二月下旬、棟居は那須《なす》に申し出た。

「大垣へ出張させていただけませんか」

「大垣へ」

那須が驚いたように窪《くぼ》んだ目を向けた。

「動機を犯行時点に接近して追い求めたために、被害者の出身地をまだ一度も洗っていません。

被害者が上京して十年になるので、そんな古い怨《うら》みがまだ生きていようとは考えていませんでした。しかし、被害者の郷里にノータッチであったということは、捜査の盲点ではなかったでしょうか」

「なるほど。まったくノータッチというわけではないが、こちらから足を使って調べに行ってなかったたな」

那須が金壺眼《かなつぼまなこ》を見開いた。

被害者の身上調査は地元署の協力に頼っていた。

「仮に動機が出身地から発しているとすれば、どうして十年以上も待ったんだろうね」

那須が棟居の顔色を探るように見た。

「なにかのきっかけで、古い怨みが再燃するということもありますよ」

「なにかのきっかけねえ」

「例えば、氏名千尋との婚約がきっかけになったということは考えられないでしょうか」

「氏名千尋の異性関係はすべて消去されたんだろう」

「異性関係以外です。中谷に古い怨みを抱いている者がいたとして、彼の所在がわからなかったのが、氏名千尋との婚約によって全国に報道されました。報道によって中谷の所在を知った古い怨みを抱いた者が犯行に及んだという可能性です」

「それにしても、十年以上とはずいぶん執念深い犯人だね」

「十年以上とは限りません。被害者が上京後、被害者に怨みを含んだ者が、報道によって彼の所在を知ったということも考えられます。しかし、被害者の郷里を捜査圏から外していたのは手落ちだったとおもいます」

「よし、大垣へ行ってきたまえ」

那須が出張を許可した。

2

二月二十七日、棟居《むねすえ》と畠山《はたけやま》は大垣へ出張した。新幹線で岐阜羽島《ぎふはしま》まで行き、同駅前からタクシーを拾って大垣へ向かう。

この地域には木曾《きそ》川、長良《ながら》川、揖斐《いび》川などの大河が集まり、水害の歴史が刻まれている。

さらに市域には揖斐川、牧田《まきだ》川、相《あい》川、杭瀬《くいせ》川、水門《すいもん》川、大谷《おおたに》川など十三の河川が低湿な地帯に縦横に流れている。

地域に見る、家や田畑を守るために集落の周辺に堤防をめぐらした輪中《わじゅう》は、この地域独特の水防共同体としての生活単位となっている。

輪中を中心とする生活は、自分の輪中さえ安全であれば、他の輪中はどうなってもかまわないという独善的な生活姿勢を培う。

この気質を地域では輪中根性と呼ぶが、刑事根性は輪中根性が殺人の動機を育《はぐく》む下地にならないかと疑った。

現在は歴史的な輪中の景観は素っ気ない都市景観によって取って代わられている。

大垣は別名水都と呼ばれる。

都の上につけるものは、その地が恵みを受けるものや、市の中核的な存在が多い。

大垣の水は水害の水ではなく、この地の繊維工業を支える地下水を象徴しているという。

だが、大量の水の消費が地下水位を低下させて、輪中の消失と共に大垣の象徴である水が干上がったというのは皮肉である。

中谷雄太の生家は大垣城の西に位置している桧町《ひのき》にある。

以前は郊外であったが、近年、宅地化が進み、いまや市街地に接続している。

中谷の両親は健在である。父親は県庁に多年勤めて、定年退職したと伝え聞いている。

二人の刑事は中谷が殺害されたとき、死体の確認に来た彼の父親と顔馴染《なじみ》であった。

中谷の父定義《さだよし》は、突然訪ねて来た二人の刑事を訝《いぶか》しそうに出迎えた。

家の中にはまだ線香のにおいがこもっているようである。

「あの節は大変お世話になりまして」

定義は二人に改めて礼を述べた。

定義の細君、中谷の母親が茶菓を運んで来た。息子に死なれて、一まわり小さくなったような姿勢をしている。

「どうぞおかまいなく」

二人は恐縮した。

いまだ犯人につながる手がかりを得られぬまま、被害者の両親に会うのは面目ない。

「実は本日おうかがいいたしましたのは、雄太さんがご当地におられた間に、他人《ひと》から怨みを買ったようなことはなかったか、お尋ねするためです。ご両親にお心当たりはありませんか」

畠山が切り出した。

「当人がこの地にいましたのは十八歳までですが、他人から怨みを買うようなことと言われても、特におもい当たりませんね」

定義は記憶を探りながら言った。

「ご当地におられた間、特に親しくしていた女性はいますか」

「あの子は高校のころから山へ登り始めましてね、女っ気はまったくありませんでした。高校も男子校でして、友達も男ばかりでした」

「当時、雄太さんと特に親しかった友人がおられたらおしえていただけませんか」

「高校時代の山のグループがいましたが、いまは市内に残っている人は一人もいません。皆さん、卒業と同時に八方へ散って、まったく没交渉になっております」

「山仲間の生家が市内や近郊にありませんか」

「雄太は友人をあまり家へ連れて来たことがありませんので、雄太の友人についてはあまりよく知らないのです」

定義の表情が困惑している。

「上京後、ご子息から親しい女性の友人ができたというようなお話はありませんでしたか」

「上京後はほとんど帰省もせず、たまに電話があったかとおもうと、金をくれという連絡でした。彼が東京でどんな生活をしていたのか、親として無責任のようですが、成人した一人前の男でもあり、なにも知りませんでした。こちらからも聞こうともしませんでした」

「上京後亡くなるまでの間、帰省されたことはありますか」

「一度か二度、正月に帰って来たことがあります」

「一度ですか、二度ですか」

「二度でした。最初は上京した翌年の正月、二度目は五年ほど前の秋でした。それから後は一度も帰省していません」

「氏名千尋さんと婚約する前に、なにか相談がありましたか」

「いいえ、まったく寝耳に水のことで、私たちもマスコミのニュースで知ったほどです」

「婚約後、帰省しなかったのですか」

「いいえ、しません」

「婚約後、ご両親は氏名さんに会いましたか」

「雄太の生前には一度も会ったことがありません。電話で話し合ったとき、そのうちに引き合わせると言っていましたが、雄太が死んだ後、初めて会いました」

「そのとき、どんな話をされましたか」

「よくおぼえていません。氏名さんも泣いていました」

「ご両親はご子息と氏名さんの結婚について、どうお考えでしたか」

「考えることはなにもありません。雄太が決めたことですから、親の出る幕はありません」

定義の面が少し寂しげに曇った。

母親は夫のかたわらに影のように控えて、身じろぎもしない。

結局、大垣の生家まで赴いたが、めぼしい成果はなにもなかった。

3

中谷雄太の郷里には、動機を培うような下地はなにも発見されなかった。

同行した赤坂署の畠山は、

「やっぱりそんなに執念深い犯人はいないのかな」

とつぶやいた。

被害者が郷里にいる間に動機を蓄え、上京十年後、東京まで追いかけて行って殺害したとすれば、相当に執念深い犯人である。

棟居は上京後、被害者が犯人と再会して、古い怨みが再燃した可能性に賭《か》けたが、どうやら棟居の賭けは外れたらしい。

徒労感が身体に澱《よど》み、足を重くした。

折から気象庁は、大陸方面からの寒波の襲来を予報している。

西高東低の典型的な冬型気圧配置が完成され、日本海から琵琶湖《びわこ》を渡り、関ヶ原《せきがはら》を経て太平洋岸まで遮るもののないこの地域は、風の通路となって寒波の影響をもろに受ける。

朝晴れていても午後は時雨《しぐ》れる。

一日、聞き込みに歩きまわっている間に、怪しげであった空模様はみぞれとなり、雪と変わった。

新幹線は軒並み遅れている気配である。

気負って来ただけに、なんの土産《みやげ》も持たずに帰る足取りは重い。

「腹がへりましたね。なにか胃袋におさめて帰りましょうか」

棟居は畠山を誘った。

「いいね。大垣の名物はなんだったかな」

畠山にも否やはなかった。

二人は市内に見つけたそば屋に入った。

名物らしく、旅行者の姿も多い。

棟居は壁に張り出された品書きに目を向けた。

地方へ出張したときは、なるべくその土地の名物を食べることにしている。

グルメの旅ではないが、出張途次の名物との出会いは、その土地との接点になる。

「おや、氏名千尋が来たんだな」

棟居の視線が壁の一隅に固定した。品書きの脇に氏名千尋のポスターが貼《は》られてあった。ステージで歌う彼女の顔をクローズアップした脇に、公演期日と会場が印刷されている。

期日は昨年の五月十四日で、会場は市内の文化会館ホールとなっている。

古いポスターを剝《は》がし忘れたらしい。

「その当時、当地へ来ていれば、彼女に会えたかもしれないな」

千尋のファンである畠山が、少し悔しげに言った。

「氏名千尋の付き人が、当地の出身でしてね、そのコネクションで呼んだのですよ」

かたわらでそばをすすっていた地元らしい年配の人が、二人の会話に介入してきた。

「千尋の付き人が当地の出身……」

棟居は言葉を挟んできた人間の方へ視線を転じた。

「彼女ほどの売れっ子が、そんな縁でもなければ、こんな地方へなかなか来てくれませ
ん」

「付き人が同郷だったとは知りませんでしたね。彼女の婚約者の縁だとばかりおもって
いましたよ」

「千尋が来たころは、まだ婚約していませんよ」

「あっ、そうか」

棟居と畠山は顔を見合わせた。

中谷雄太の死が念頭にあったために、コンサートの期日から意識がそれていた。

「ご当地出身の付き人はだれですか」

畠山が問うた。

「塚田《つかだ》さんといいます。千尋と婚約者の出会いのきっかけになったのも、塚田さんだそうです」

消息通は、自分が二人の仲を取り持ったかのような顔をして言った。

「塚田……」

棟居と畠山が異口同音に強い声を発したので、消息通はびくりとした。

意外な場面に塚田の名前が登場してきた。

塚田が大垣出身者とは知らなかった。二人は視野を閉塞《へいそく》していた壁に、突然、新しい窓を穿《うが》たれたように、窓の外の新しい視野ににわかに馴染《なじ》めない。

だが、その視野に入って来た塚田が、事件に重大な関わりを持っている予感がしきりにした。

「塚田さんと千尋の婚約者は大垣時代、友達だったのですか」

「なんでも中学のころの同窓だと聞いていますが、詳しいことは知りません」

消息通も中谷と塚田の郷里での詳しい関係までは知らないようである。

これまで塚田は捜索圏外に置かれていた。

千尋に最も密着している人間でありながら、あまりに密着しすぎていたために、千尋と同一化し、彼女の人脈に数えられなかった。

まさに灯台下暗しの盲点である。

だが、塚田こそ、千尋の最側近にいる男にちがいない。

「塚田は中谷と同郷であることを、これまでなぜ黙っていたのでしょうね」

「塚田が黙っていただけではなく、中谷もなにも言わなかったよ」

「隠すことではなく、むしろ塚田が千尋と中谷を引き合わせたのであれば、芸能マスコミの恰好《かっこう》のトピックとなったところでしょうが、これまで知られていないのは、二人が意識して秘匿《ひとく》していたのかもしれませんね」

「二人の間にはなにか隠されているかもしれない」

「もう一度中谷の生家へ行ってみましょうか」

「私もそのつもりだった」

二人は新幹線の駅へ向かうのを取り止めて、中谷の生家へ引き返した。

引き返して来た二人から、中谷雄太と塚田謙治《けんじ》との関係を聞かれた中谷の父親は、苦渋の色を面に現わして、

「塚田さんのことがお耳に入りましたか。塚田さんは中学時代、同級生でしたが、二年の二学期のとき、転校しました」

「ほう、転校ね……転校の理由はなんですか」

棟居は父親の面を塗った苦渋の色に、なにか異常な理由があるらしい気配を感じ取った。

「いじめです。クラスが塚田さんをいじめたのです。詳しい事情は私も知りませんが、雄太もいじめグループに加わっていました。塚田家が移転したので、いじめ問題も表沙汰《おもてざた》になりませんでしたが、雄太は塚田さんの転校に責任を感じていたようです。後日、氏名千尋さんとの婚約に際して、塚田さんと再会して、昔のことは水に流したらしく、私もほっとしていたのですが、塚田さんがなにか……」

「いや、参考までにおうかがいしただけです。当時の同級生の方が市内にだれかいますか」

おそらく出身中学校に問うたところで、十数年前の教師は替わっているであろうし、学校としても、不名誉ないじめ問題は極力秘匿したいところであろう。

学校を当たるよりも、同級生に聞き合わせた方がより早く正確な事情がわかるだろうとおもった。

中谷の父親から聞き出した同級生は、市内で自動車修理工場を営んでいた。

二人が訪ねて行くと、油まみれのつなぎ《オーバーオール》を着た原口《はらぐち》という同級生は、

「塚田君のことはあまり話したくないのです」

と口をつぐんだ。

中谷の父親の言う通り、塚田がクラス全体のいじめに遭ったのであれば、原口もいじ

めに加わった一人であろう。

「中谷さんが殺された事件について、情報を集めています。中谷さんと塚田さんの関係について、なにか知っていることがありましたら、ぜひおうかがいしたいのですが」

「べつになにも言うことはありませんよ」

「中学時代、塚田さんはクラスのいじめに遭ったそうですね」

「私はいじめに加わっていません」

「あなたがいじめに加わったかどうか、それを聞いているのではありません。中谷さんと塚田さんの関係について聞いているのです」

「あの二人は波長が合わなかったのです」

「波長が合わないということは、つまり仲が悪かったということですか」

「べつにクラスがいじめたわけではありません」

「塚田さんは二年のとき転校して行ったそうですね。それもいじめが原因ですか」

「クラスはいじめだとはおもっていませんでした。でも、塚田君はいじめられたとおもったかもしれません」

「いじめられたというのは、中谷さんにいじめられたのですか、それともクラスからいじめに遭ったということですか」

「クラスがいじめたとはおもいません。しかし、中谷君が塚田君を目の敵《かたき》にしているのを黙って見過ごしにしていたので、クラス全体がいじめたとおもったかもしれません」

原口は苦しげにぽつりぽつりと話し始めた。

「具体的にどんないじめをしたのですか」

「中谷は当時、クラスの番長でした。中谷の言うことに従わないと、クラスにいられませんでした。そのために塚田君が可哀相《かわいそう》だとはおもっても、なんにもしてやれなかったのです」

「具体的にどんないじめをしたのですか」

「塚田君は高所恐怖症でした。それを承知していて、校舎の二階の屋根につくられたスズメの巣を取って来させたり、また女子のトイレを使わせたりしたのです」

「それはまたひどいいじめですね」

「塚田君は女子のトイレに入れず、下校するまで我慢していました。それがよけい中谷の癇《かん》に障ったようです」

「どうして中谷さんは塚田さんだけを目の敵にしたのですか」

「当時、中谷が憧《あこが》れていた女の子が、塚田の家の隣りに住んでいて、彼と仲がよかったのです。そのことを妬《や》いたのかもしれません」

原口の言葉に、棟居はふとおもい当たることがあった。

「もしかして、中谷さんが憧れていた女の子というのは、氏名千尋に似ていませんでしたか」

「そう言われてみれば、似ていたような気がします」

原口の言葉によって、事件の背景が見えてきたような気がした。

「あんなにいじめられていながら、塚田君が氏名千尋のマネージャーになって、彼女を連れて来たときは、やっぱり郷里が懐かしいのかなとおもいました」

原口が補足するように言った。

原口自動車修理工場を辞去した二人は、まだ新幹線の上りの最終に間に合うことに気づいた。

一刻も早くこの土産を捜査本部に持ち帰りたい。

「それにしても、郷里を憎みこそすれ、懐かしむものはなにもないはずの塚田が、氏名千尋を連れて行ったのはどういうわけだろうか」

岐阜羽島へ向かうタクシーの中で、畠山が言った。

「郷里を見返してやりたかったのではありませんか。自分をいじめた郷里に、氏名千尋を連れ帰ることは、塚田にとって一種の復讐《ふくしゅう》であったのかもしれません」

「郷里へ飾る錦《にしき》としての氏名千尋を、自分をいじめた中谷に奪われた塚田の心根は、さぞや悔しかっただろうね」

「塚田にしてみれば故郷《くに》に飾った錦を、中谷に奪われたような気がしたかもしれません」

「しかし、動機は推測ができるが、塚田にはアリバイがあるよ」

「塚田は犯行時間帯、氏名千尋に張りついていたことになっていますが、赤坂の放送局から犯行現場までは目と鼻の距離です。氏名千尋が仕事をしている間、現場を往復する時間を盗み出せたかもしれません」

「アリバイが崩れたとしても、塚田がやったという証拠がないね」

「それが最後のネックですね。再度、現場周辺に聞き込みをかけてみましょう。塚田が犯人であれば、目撃者がいるかもしれません」

郷里に飾った錦が、犯行の動機となったとは皮肉である。

そして、それが結局、塚田を追いつめた形となった。

まだ土産の固い梱包《こんぽう》を解く結び目は見つからない。土産の重さを刑事たちは単純に喜べなかった。

防止登山

1

棟居《むねすえ》と畠山が持ち帰った土産《みやげ》は、捜査本部を活気づかせた。

塚田《つかだ》はたしかに盲点に位置していた。捜査本部は犯行当夜の塚田のアリバイを探った。

その結果、犯行時間帯、氏名千尋《うじなちひろ》は赤坂のテレビ局で歌番組の収録をしており、その間、塚田の姿を確認している者がいないことがわかった。

氏名千尋に問うたが、彼女もよくおぼえていない。

「たしかいたような気もするけれど、収録時間中、三十分ほどは塚田さんがどこにいたか、よくおぼえていません」

と千尋は答えた。

結局、犯行推定時間帯の約三十分間ほど、塚田の姿はだれにも確認されていない。

塚田の犯人適格性が検討された。

その結果、
①アリバイがない。
②中谷を怨む下地がある。

③塚田も中谷も同郷、同窓ということをだれにも語っていないのが不自然。
④千尋との関係は確認されていないが、塚田が付き人として常に千尋に密着しており、彼女を愛している可能性がある。
⑤塚田ならば、被害者がなんの疑いもなくドアを開く。また塚田は千尋の付き人として、千尋のマンションの鍵《かぎ》を預けられている。
以上から、塚田の犯人適格性は充分と見られ、彼の容疑性を掘り下げることに、意見の一致を見た。

改めて犯行現場一帯に聞き込みの網が張られた。

だが、事件発生後、かなりの日数が経過しているため、目撃者の発見は困難を極めた。

犯人は当然、人目を忍んで現場を出入りしたであろう。

棟居は犯人がテレビ局と現場の間を、車で往復したにちがいないと睨《にら》んだ。

千尋が収録中のわずかな時間を盗んで、現場まで往復するためには、車が必要である。

だが、タクシーは不確定である上に、足取りをつかまれやすい。必ず自分の車を使ったはずである。

塚田は千尋の移動用に、自分でマイカーのハンドルを握っている。

マイカーで現場まで往復したとしても、現場のすぐ近くには駐車しなかったであろう。

やや離れた場所に車を停《と》め、現場に出入りした。

棟居はそう睨んで、網を広げ、根気よく聞き込みに歩きまわった。

現場から少し離れた横路地で、水道かガスの配管工事をしたとみえて、掘り返された道路がふたたび埋め立てられ、舗装されていた。

立入禁止のロープが張られてなかったので、棟居がついうっかり舗装したての路面に足を踏み入れかけると、近くにいた工事人が、

「そこは歩かないでください。まだアスファルトが乾き切っていませんから」

と注意した。

棟居は謝って、舗装されて間もない路面を避けて歩いた。

行きかけてから、はっとした。

棟居は先刻注意した工事人の許《もと》へ引き返すと、

「昨年九月の末ごろ、港区南青山のファミール・エレガンスの近くで工事をやっていませんでしたか」

と問うた。

「昨年の九月末ごろかね……そのころあの辺で工事をやっていたな。氏名千尋のマンションで殺人事件があったので、おぼえているよ」

「それ、それですよ。いま尋ねたマンションは、氏名千尋のマンションです」

棟居は工事人の打てば響くような反応に気負い立った。

「ああ、氏名千尋のマンションの前なら、殺人事件が起きた当日、たしかに工事をしていたよ」

「工事の間に、この人物がマンションに出入りしているはずですが、見かけませんでしたか」

棟居は工事人に塚田の写真を示した。

「さあて、出入りする人間をいちいち見張っているわけじゃないからね」

工事人は首をかしげた。

「私はこういう者ですが、ほかの人にも聞いてもらえませんか」

棟居はちらりと黒い手帳を覗《のぞ》かせた。

「警察の旦那《だんな》ですか。これは失礼しました」

工事人の態度が改まって、棟居が差し出した写真を仲間に見せてまわった。

だが、工事人たちの印象には残っていなかった。

犯人としても現場の出入りに際して、工事人におぼえられるようなへまはしなかったであろう。

棟居はさらに工事期日、時間、およびその場所を詳しく確認した。

棟居は自分の着眼を捜査本部に報告した。

捜査本部は彼の着眼を入れて、全捜査員が手分けして、氏名千尋のマンション近くの工事現場の跡を再見分した。

棟居の着眼はわずかな確率に賭《か》けるものであった。

確率が外れれば、塚田を仕留める証拠は手に入らない。

捜査本部の地を這《は》うような捜索の結果、ようやく一個の資料を得た。

棟居が賭けた確率は見事に的中した。

捜査本部は塚田謙治に対して、まず任意同行を要請し、自供を得た上で逮捕状を執行することに決定した。

塚田の在所を確かめたところ、彼は現在、氏名千尋が出演中の映画のロケに同行して、蓼科《たてしな》高原に行っていることがわかった。

「棟居君、きみ、蓼科へ行ってくれ」

那須が言った。

棟居は緊張した。任意同行の要請であるが、捜査本部は逮捕状を請求して、すでにその発付を得ている。

棟居には那須班の草場《くさば》と河西《かさい》、赤坂署から畠山以下二名が同行することになった。

捜査本部は長野県警茅野《ちの》署の協力を事前に要請し、三月七日、二台の車で蓼科へ向かった。

氏名千尋が出演している映画は、蓼科、霧ヶ峰《きりがみね》、美ヶ原《うつくしがはら》一帯を舞台にした青春山岳映画で、山小屋の娘に扮《ふん》する彼女が、山を愛するアルピニストと、八ヶ岳の観光大開発を目論《もくろ》んでいる大手資本の御曹司《おんぞうし》に挟まれた愛の葛藤《かっとう》を描くという筋立てである。

アルピニストには当代人気随一の若手俳優葉山英二《はやまえいじ》、大資本の御曹司には最近あくの強い演技でめきめき頭角を現わしてきた柳瀬狂太郎《やなせきょうたろう》を配し、青春映画を撮らせたら右に出る者はいない千島高太郎《ちしまこうたろう》監督による、日本映画久々の超大型青春映画である。

蓼科には昼前に着いた。

茅野署に立ち寄り、茅野署員が一行に加わり、三台の車に分乗して、ロケーションが行なわれている奥蓼科へ向かった。

茅野署員を加えた一行は、茅野市から蓼科有料道路、いわゆるビーナスラインに入って、一路蓼科へ向かった。

高度を上げるにしたがって春浅い高原に雪が現われ、周辺の山々が高く競い立ってくる。

蓼科高原は北八ヶ岳から蓼科山につづく山並みの西麓に広がる雄大な高原で、霧ヶ峰や美ヶ原に接続する。

高原には白樺《しらかば》や唐松《からまつ》の林が散開し、優しい湖が自然に置き忘れられた宝石のようにちりばめられ、豊かな温泉が湧出《ゆうしゅつ》する。

以前は蓼科の奥は限られた登山者の聖域であったのが、優れた観光資源に着目した大資本によって、すべてを呑《の》み込んでしまう貪欲《どんよく》な大蛇のような自動車道路が触手を伸ばしてきて、あっという間にホテルやガソリンスタンドが林立した。

原生林がゴルフ場に転圧《ロール》されれば、緑間は別荘地に変身した。

本来は登山者が歩くべき道が舗装されて、休日には都会から直行して来た車が渋滞する。

高原の中央には、なんと信号機までが登場した。

蓼科はもはや都会の延長と言ってよいくらいに、観光資本にねじ伏せられてしまった。ビーナスラインは貪婪《どんらん》にその触手を伸ばしつづけて、蓼科と霧ヶ峰を結び、ついにはその先にある美ヶ原までも射程に入れた。

ロープウェーは北八ヶ岳の二千五百メートル級の高所まで一気に駆け登り、冬季、熟練登山者のみが許された聖域に、都会の歩道の延長として入れるようになった。

貪婪な観光資本はそれでも飽き足りず、いまや夏沢峠の南に展開する日本アルプスに準ずる三千メートル級の八ヶ岳連峰を狙《ねら》っている。

八ヶ岳の主峰赤岳二千八百九十九メートルは、北アルプスの雄峰に劣らぬ高度とアルペン的風貌《ふうぼう》を持ち、登山者を惹《ひ》きつけている。

富士をつくった神が、余った土で八ヶ岳を盛り上げたという伝説の山である。

ロケーションは八ヶ岳から北八ヶ岳、蓼科高原、霧ヶ峰一帯にかけて行なわれている。映画製作会社に問い合わせたところ、ロケ隊は今日はロープウェーの頂上、北横岳周辺で行動しているということである。

蓼科温泉郷を通過して、高度を上げるにしたがって視野が開け、風景が闊達《かったつ》になった。間もなく車はビーナスラインから右手に逸《そ》れて、ジグザグに登った。

行き着いた広場が横岳ロープウェイの起点である。

ここで一行は車を乗り捨て、ロケ隊のいる横岳に向かってロープウェーに乗り換えた。

全長二千二百十五メートル、高度差四百六十六メートルの大規模なロープウェーである。

一行を乗せたゴンドラは、登山者の一日の行程をわずか七分で登ってしまう。

ゴンドラの車窓から雪を戴《いただ》いた北アルプス、中央アルプス、南アルプスの連峰が巨大な岩の屏風《びょうぶ》のように連なり、広がった。

幸いに天候は安定している。午後の斜光の中に山は光を受けたプリズムのように輝いている。

春の柔らかさ、夏の猛々《たけだけ》しさ、秋の透徹と異なり、冬の光の中にきらめき立つ長大な高峰の連なりは、鞘《さや》から引き抜かれた巨大な凶器のように凄絶《せいぜつ》な輝きを帯びている。

「千両役者の揃《そろ》い踏みという感じだね」

車窓に広がる雄大な光景に視線を放散していた棟居に、かたわらから畠山がささやいた。

畠山の言葉に、雲ノ平へ登ったとき、桐子がつぶやいた山のバイキングという形容をおもい合わせた。

あのときは自分の目の位置に肩を並べていた高峰が、同じテーブルに連なった手の届く馳走《ちそう》のように見えたのが、いまは彼我の間に絶対に越えられない空間が蟠《わだかま》っているようである。

夏と冬のちがいと同時に、距離があった。その距離を埋める光が冷たく、拒絶的である。

七分でロープウェーの頂上駅へ着いた。

ここは北横岳の南に広がる坪庭と呼ばれる溶岩台地である。

庭と名づけられただけあって、花期には高山植物の群落に彩られるであろう台地に、遊歩道が張りめぐらされている。

今は雪に覆われて森閑としている。

坪庭は南八ヶ岳から北八ヶ岳を経て蓼科山へ至る縦走路の途上でもある。坪庭の周辺は原生林の樹林帯が、密度濃く尾根の斜面を埋めている。

ロケ隊一行は坪庭南東の草原にある縞枯《しまがれ》山荘を基地としていると聞いている。

ゴンドラを降りた一行は、雪に覆われた遊歩道を歩いて、縞枯山荘へ向かった。

雪の道には足跡が見当たらない。ロケ隊一行の行動半径から外れているのか、あるいは新たな雪によって足跡が消されてしまったのか。

一行は処女雪を踏んで、縞枯山荘へ向かった。

坪庭の先の草原に、森林を背負って立つ縞枯山荘が望まれた。

合掌造りを模した建物が白檜曾《しらびそ》の森林を背負い、のどかな草原によく調和している。

山荘から薄い煙が立ち上り、いかにも暖かそうである。

だが、ロケ隊は撮影に出かけているらしく、人気は感じられない。

到着した一行を、山荘の管理人が迎えた。

管理人に聞くと、ロケ隊は縞枯山方面にロケに出かけているということである。

一行はロケ隊を追って、縞枯山へ行ってみることにした。登山の用意はしていないが、幸いに天候は安定している。

管理人が案内を申し出た。

山荘から雪道を踏みしめながら、雨池峠から縞枯山へ向かう。右手山腹に枯れ木立が林立して、山腹を虫食いのようにしている。

これを山麓から眺めると、枯れ木が山腹を這う縞のように見える。これが縞枯現象である。

樹林帯の枯れ枝は次第に後退して、いずれは縞枯でなく、全山樹林の墓場となるであろう。

高度が上がるにつれて、雪が深くなった。

だが、ロケ隊が踏みしめたと見えて、踏み跡が続いている。

稜線に立つと強い風が吹きつけてきた。

「任意同行を要請する前に、凍死してしまうよ」

畠山が悲鳴をあげた。

高度と共に胸のすくような展望が広がり、周囲に競い立つ連山が傾くに早い冬の斜光の中で、陰翳《いんえい》を濃く刻んでいた。

前方に茶碗《ちゃわん》を伏せたような茶臼《ちゃうす》山越しに八ヶ岳本峰が頭をもたげ、その後衛として南アルプスが壮大な銀の鞍《くら》のように連なっている。

一行は傾いて行く太陽と競うように、足を急がせた。

今日のうちに茅野署まで同行するのは無理かもしれない。

山腹を巻くと、斜面に散開しているロケ隊が視野に入った。

演技をしている俳優陣と、カメラを操っているカメラマンや指揮を取っている監督や助監督などのグループから少し離れて、出番を待っている俳優陣や、付き人たちのグループが固まって見える。

待機グループの中央には、数基の携帯ストーブやコンロが置かれて、俳優やスタッフが身体を暖めては、撮影作業をつづけている。

山の天候は変わりやすいので、陽《ひ》のある間を最大限に利用して撮影をしようという姿勢である。

棟居一行はロケ隊の待機グループに歩み寄った。グループの中に塚田の顔が見えた。

一行は塚田に近づくと、棟居が代表して、

「塚田謙治さんですね」

と改めて確認した。

棟居や畠山は塚田と初対面ではなかったが、突然、山上の高所に現われた棟居から改めて氏名を確認されて、塚田の面は濃い不安の色に塗り込められた。

「そうです」

とうなずいた塚田は、

「皆さん、こんな山の中まで、一体なんのご用事ですか」

と問い返した。

「中谷雄太さんが殺害された事件について、ちょっとお尋ねしたいことがあります。ご同行願えますか」

棟居は言った。

塚田の顔色がさっと変わって、

「あの事件については、すでに知っていることはすべて申し上げました。これ以上、なにも話すことはありませんよ」

「そういうことも含めて、お話をうかがいたいのです。ご同行願えませんか」

棟居は有無を言わせぬ口調で言った。

この早春の高山にまで押しかけて来て任意同行を要請するのは尋常ではない。

逮捕状は発付されているが、まず任意同行を求めて、自供を得た後で執行する予定である。

一行の撮影隊グループでは、棟居グループの要請と関わりなく、太陽と競争しながら撮影が進められている。

物語のクライマックスシーンの撮影とあって、現場には緊張がみなぎっていた。

主たる取調べに当たったのは、那須警部である。これを補佐したのが棟居と、赤坂署の畠山である。

2

赤坂署の捜査本部へ連行された塚田は、当初、言を左右にして犯行を否認した。

「私を疑うなんて、見当ちがいもはなはだしい。中学時代のいじめを執念深く胸に蓄えて、十数年もたってから復讐《ふくしゅう》したなんて、現実離れしている。第一、私には中谷にいじめられた意識がない。中谷にもいじめたという認識はまったくなかったはずだ。だから、再会しても、べつに含むところはなにもなかった」

「まあ、いじめは本人の意識の部分もありますが、九月二十八日から二十九日にかけての午前零時前後、中谷さんが殺された時間帯、あなたは氏名千尋さんのマンションへ行きませんでしたか」

「私は氏名千尋の付き人ですよ。その時間は千尋の歌番組《ウタバン》の収録中で、千尋の控室にずっと待機していました」

「しかし、収録中の時間、あなたを確かめた者は一人もいないのですが」

「テレビ局では他人の行動をいちいち注意している人はいません。私自身、周囲にいる人々を見ていながら、特定の人間を名指しされて、彼や彼女が私と一緒にいたはずの時間帯、なにをしていたかはっきりおぼえているかと問われれば、答えられません」

「それでは、中谷さんが殺された時間帯、あなたはテレビ局にずっといたとおっしゃるのですね」

　那須が念を押した。

「そうです」

　那須が棟居に目配せした。

　棟居があらかじめ用意しておいた紙包みを那須の前に差し出した。

　那須はその紙包みを塚田と向かい合っているテーブルの上に置いた。

「実はですね、あなたが当日、氏名千尋さんのマンションへ行ったという証拠があるのですよ」

　那須の窪《くぼ》んだ眼窩《がんか》の底が薄く光ったようである。

「証拠、そんなものがあるはずがないでしょう」

　塚田は薄い不安の色を面に浮かべながら、那須がテーブルに置いた紙包みに視線を固定した。

　那須は塚田の見ている前で、おもむろに紙包みを開いた。

　紙包みの中から一足の革靴が現われた。

「この靴に見おぼえがあるでしょう。これはあなたの靴です。捜査差押許可状に基づいて、あなたのお宅から押収いたしました」

　塚田はすでに捜査差押許可状が発付されて、家宅捜索をされている事実に驚いたようである。

だが、気を取り直して、

「こんな靴がなんの証拠になるのですか」

「靴の底にご注目ください」

那須は促した。

靴底には乾いた粘土の断片のようなものがわずかにこびりついている。

塚田が訝《いぶか》しげな目を那須に向けると、

「これはアスファルトのかけらです。犯行当日、午後八時から十時の間、氏名千尋さんのマンション側面の路上で水道管の工事が行なわれており、掘り返された路面が埋められて、再舗装されました。その際、路面を舗装したアスファルトがあなたの靴にこびりついたのですよ。これをご覧ください」

那須は棟居が追加して差し出した一枚の写真を塚田に示した。

その印画紙には、路面に押された靴底がはっきりと撮影されていた。

「この靴の跡は、押収したあなたの靴とぴたりと符合しました。つまり、あなたは犯行当日、氏名千尋のマンションに出入りしたのです」

那須が言った。

「ふん、馬鹿ばかしい。私は事件当日、千尋をマンションまで送って行ったのですよ。千尋がそこで中谷の死体を発見して、私に連絡して来たのです。私の靴跡が千尋のマンションの横の路上に残っているのは、当たり前じゃありませんか」

塚田はせせら笑った。

そのとき那須がにんまりと笑ったように見えた。

那須が再び棟居に目配せすると、

「工事は犯行当夜、午後十時には終了していました」

棟居が代わって口を開いた。

それがどうしたと言うように、塚田が棟居の方に姿勢を転じた。

「工事跡の路面は、速乾性の道路舗装材で表装されました。舗装面は工事後遅くとも二時間で完全に乾くそうです。すると、午前零時以後は舗装面を歩いても靴跡は残りません。あなたの靴跡が氏名千尋さんのマンション横の路面に残されたということは、九月二十八日午後八時から十二時までの間に、あなたがそこへ行ったという事実を示します。

しかし、あなたは当日、千尋さんに張りついていて赤坂のテレビ局にいたと主張しています。靴を他人に貸すことはないでしょう。また他人の靴を借りるということも考えられません。念のためにあなたの靴に沁《し》みた汗や脂の検査をしたところ、あなたの血液型と一致しました。

あなたがあくまでも当日、千尋さんのマンションに行っていないと言い張るのであれば、靴だけが歩いて行ったことになりますが、この点をどうご説明なさいますか」

棟居はぴしりと止《とど》めを刺すように言った。

3

塚田謙治は犯行を自供した。

「中谷雄太を殺したのは私です。中谷雄太には中学時代、ひどいいじめに遭いました。もし中谷と後日、再会しなければ、いえ、たとえ再会しても、千尋と婚約しなければ、中谷を殺すことはなかったでしょう。

私は千尋の付き人になってから、彼女を密《ひそ》かに愛していました。千尋は私のことなど眼中になく、男から男へと奔放に渡り歩いていました。有名になるためなら、体を使うことをなんともおもわない女でした。

しかし、千尋がどんなに男を渡り歩いても、中谷以外の男であれば気になりませんでした。

ところが、中谷に出会った千尋は、これまでのプレイや出世のためと異なり、中谷に完全にのぼせ上がってしまいました。

千尋と中谷が婚約したとき、私の心の奥深くに眠っていた古い怨みが目覚め、年月のかさぶたを被《かぶ》っていたとおもっていた古い傷が破れて、血を噴き出しました。

千尋が有名になるための手段として、どんなに体を使おうと、どんな男とプレイをしようとかまわない。しかし、中谷に千尋を奪われることだけは耐えられない。

中谷のいじめの動機になった千尋によく似た隣家の少女は、私の中谷に対する唯一の優越でした。中谷にどんなにいじめられても、いえ、彼にいじめられればいじめられるほど、隣家の少女を私と争って敗れた中谷の敗北の証《あかし》だとおもいました。

しかし、中谷と千尋との婚約は、私の中谷に対する唯一の優越を一挙に覆すものでした。一見、私が中谷のいじめの被害者となり、敗者の位置にあったようでしたが、事実は私が勝者であり、屈辱にまみれていたのは中谷の方でした。

それが、後日再会して、千尋を私から奪った中谷は、幼い日の勝敗の位置を一挙に逆転して、私に報復したのです。

中谷の千尋の略奪を見過ごしておくことは、私の存在理由を否定することです。しかし、中谷に一時的にめくらまされている千尋は、私の方に見向きもしません。千尋のことですから、珍しいおもちゃに一時的に夢中になっているように、いずれ倦《あ》きるとおもいましたが、いつ倦きるか、本当に倦きるのか、その保証はありません。その間、私は歯を食いしばって、千尋が彼に侵されているのを見守っていなければなりません。それは私にとって我慢ならないことでした。

中谷を抹消《まっしょう》してしまえば、千尋の逆上も冷めざるを得ません。ついに私は中谷の殺害を決意しました。

中谷が九月二十八日午後から、千尋のマンションで待っていることは、千尋から聞いていました。当日午後十一時、千尋がスタジオ入りすると同時に、千尋のマンションに電話をかけ、中谷が来ていることを確認した私は、直ちに彼女のマンションに駆けつけました。千尋の忘れ物を取りに来たと告げると、中谷はなんの疑いもなくドアを開きました。

室内に入った私は、まったく無警戒の中谷を、隠し持って行った自動車修理用のバールで殴りつけて殺害しました。

中谷は呆気《あっけ》なく死にました。死んだのが信じられず、一刻も早くテレビ局へ引き返さなければならないことを忘れて、私はしばらくその場に突っ立っていたような気がします。

ようやく我を取り戻して、中谷が死んだのを確かめた私は、現場から立ち去りました。人に見られなかったのはラッキーだったとおもいます。まさか道路工事の舗装についた足型から足がつくとはおもいませんでした」

塚田の自供によって、事件はすべて解決した。

4

事件解決後、棟居は本宮桐子に会った。

「結局、山男善人説は神話か伝説の世界になってしまったのかな」

棟居は嘆くような口調で言った。

「私はそうはおもわないわ」

桐子が少し抗議するように言った。

「どうしてだい」

「高原恭平と三村明弘は本当の山男ではなかったのよ。山に登るべきではない人間が山へ入って来たのね。

下界の獣が、登山者が捨てる餌《えさ》を求めて、次第に山の上の方へ上がって来て、雷鳥や高山に棲《す》んでいる動物たちを脅かし始めているように、下界の悪人が山へ侵略して来たのよ」

「なるほど。そうかもしれないね」

棟居はうなずいた。

「人間が高い山に登ったり、深い海へ潜ったりするのは、人間の心の中にある尊い願いを探そうとする志があるからじゃないかしら。尊い願いを失った人や、そんなものが最初からない者は、山へ登るべきではないのよ。

山がそこにあるから登る人や、山に困難の限界を験《ため》そうとする人や、あるいは山で下界の生活に疲れた心身を癒《いや》すために登る人や、それぞれに山登りの目的は異なっても、山に下界にはないなにか清浄なものを求めようとする気持ちは同じだとおもうの。山に不浄なものを求めて来る人たちは、もともと山男や山女ではなく、山に登る資格も価値もない人間だわ。

もしあの人たちがもう一度山に登ることを許されるとしたら、罪を償うために登るときね」

「贖罪《しょくざい》の登山か。すると、おれの山登りは、不正を追及するための登山だった。そういう登山が登る資格がないとはおもわないが、本来の登山でもないような気がするな」

「登る資格のない者が登って来るのを防ぐ登山も、本来の登山の一部ではないかしら。でも、そういう防止登山がない方が、山のあるべき姿かもしれないわね」

「防止登山か。うまいことを言うねえ。でも、なんだか味気ない言葉だな」

「山のあるべき姿は、人間から完全に切り離された山かもしれないわね」

解説

成田守正《なりたもりまさ》

はじめに登場人物について触れておきたい。

周知のとおり、棟居弘一良《むねすえこういちろう》刑事は麴町《こうじまち》署刑事として『人間の証明』でデビュー、『新・人間の証明』や『完全犯罪の使者』などでも活躍が描かれている。シリーズ化第一弾となった『棟居刑事の復讐《ふくしゅう》』からは、殉職した横渡《よこわたり》刑事の穴を埋めるかたちで、警視庁捜査一課那須《なす》班へ配属された。母が男を作って出奔、父は米軍兵士になぶり殺しにされた少年時代にくわえ、結婚後、妻子が留守中何者かに惨殺されたという暗い過去を引きずっている。捕まっていない犯人への激しい怨念《おんねん》を胸中に秘めながら悪を追いつづける刑事である。

本宮桐子《もとみやきりこ》は、シリーズ第二弾の『棟居刑事の情熱』で初登場。棟居が休暇をとって登った穂高《ほたか》連峰で出会った美しい女性で、そのときは名乗りあっただけで別れるが、おもいがけず再会する。じつは彼女は、追っていた殺人事件の被害者の娘で、悪の手先にされたことで〝禊《みそ》ぎ登山〟をすると言っていた父親の言葉を思い出し、代わりに穂高へ来ていたのだった。事件解決後、後続作品でも、二人は親しく会うようになる。しかし棟居は桐子の愛を感じつつも、妻子を失った傷痕《きずあと》へのこだわりから、一線を越えてはそれに応じられずにいる関係にある。

大町《おおまち》署刑事で山岳警備隊員でもある熊耳《くまがみ》は、ある小説の風景描写に隠されていた殺人事件をあばく『山の屍《かばね》』でも大活躍だが、じつは森村作品にはもう一人、大町署の熊耳がいる。『密閉山脈』に登場し、その若き日の捜査は『青春の源流』でも描かれている熊耳敬介《けいすけ》警部補である。しかしそちらの熊耳は『密閉山脈』のラストシーンにおいて、遭難死している。本書の文中に「山岳警察官であった熊耳の兄は、遭難者の救援に向かう途上、二重遭難した」とあるので、二人は兄弟ということになり、山を愛する兄の志を弟が継いでいるものと考えられる。

さて本書『棟居刑事　悪の山』は、森村《もりむら》作品としては久しぶりに本格的な山岳ミステリーである。

森村誠一《せいいち》は山岳ミステリーのアンソロジー『死導標』の「あとがき」につぎのように書いている。

「山男は善人が多いというが、それは伝説である。要するに山も俗界の延長にすぎないのであって、地上の標高を少し高めた所へ来ると、人間がみな清く正しい聖人君子になるなどということはあり得ない。

それはアルピニズム史上の幾多の初登頂争いや、同じ隊内でも登頂隊員をめぐって起こされる葛藤《かっとう》を見るまでもなく、明らかである。むしろ山男（山女を含む）ほど自己主張と虚栄心と名誉心の強い人間はないようにすらおもえる。

しかし、要するに、彼らも同じ人間ということである。ただ葛藤の舞台を、山に移しただけであって、そこにうごめく野心や欲望や権謀は、下界（同じ地表であるが、山男が標高差によってつくり出した差別的呼称）とまったく同じである」

ここで誤解してならないのは、山に登る人々と登らない人々を区別しないからといって、山も都会も田舎も同じだとは言っていないことである。森村誠一は山に神聖さを見ていないのではない。山そのものについては、そこへ人間が登ってこないかぎりは、やはり神聖な世界として描いてきている。

森村誠一には、昭和四十四年に『高層の死角』で江戸川乱歩賞を受ける以前に、ミステリー仕立てとはいえないものの、戦後日本人の身もだえするような生き方を描き取った一群の長編作品がある。『大都会』『幻の墓』『銀の虚城《ホテル》』『分水嶺《ぶんすいれい》』『虚無の道標《みちしるべ》』がそうだが、『銀の虚城』を除く四作に山が設定されており、そこでは山の神聖さが強くうちだされている。すなわち、具体的にいえば、『大都会』では社会へ旅立つ者の純粋さの原点として、『幻の墓』では社会と人間の汚濁に対極する聖地として、『分水嶺』では偽りなき友情の象徴として、『虚無の道標』では無償の情熱・生きがいの対象として、ひっくるめていえば、山はそれぞれ人間性復活のための清浄地の意味合いで表わされている。主人公たちは、その清浄地に救いの場を求めて向き合うのである。

しかしここでもすでに、山は人間が登っていけばその神聖さは壊れてしまうという前提が踏まえられている。本当に救いを求めて山へ向かえば、残酷な容赦ない現実がすべからく待ち受けている。いいかえれば山は、風花を手に摑《つか》まえようとしても摑まえればそれは雪なので消えてしまうように、得られることのない神聖空間として設定されているのである。それらの作品が書かれた当時、日本人は高度経済成長のまっただ中にいた。彼ら一般、つまりサラリーマンの多くは企業のいわば虜囚として働きづめに働かされ、自分の人間性とはなにかなぞ問う余地もなく生きていた。そんな中で彼らがせめて仰ぎ見た虜囚の夢、幻想の逃げ場としてのシンボル、たとえそれが夢で幻想であっても、救いの清浄地として仰ぎ見ずにはいられない、別のいいかたをすれば、存在証明への切実な渇望を託した純白の地が、それら初期長編作品における山なのである。

一方で、例えば『死導標』に収められている「死導標」「醜い高峰」「高燥の墳墓」などのやはり初期に属する短編作品における山は、概して、持ちこまれた下界のどろどろや人間の論理を厳然と突き放す姿で描かれる。山にあっては、善人も悪人もない。ヒューマニズムもエゴイズムも通用しない。山の厳しさを知らない者は善人であろうと悪人であろうと滅びるしかなく、いや両者が同居する場面ではむしろ悪人やエゴイズムの側に分がある。ひとたび山にふみこめば、法や倫理や善意といった地上の衣はことごとく剝《は》ぎとられ、誰しも裸に晒《さら》されての生死の営みに追いやられるのだ、との理《ことわり》がつらぬかれている。すなわち、短編作品における山は、人間のおもいがどうあれ、人間に対して、断絶を主張しているといってよい。

要すれば、初期森村作品の山は、人間の側からは救いを託す神聖さとして仰ぎ見られ、山のほうはそれを突き放す存在として描かれている、ということができる。

山へのそうした視点は、山岳ミステリーの最高傑作の呼び声高い『密閉山脈』や『日本アルプス殺人事件』『白の十字架』、さらには『青春の源流』や『未踏峰』にも継承されている。が、ある時期から、山が重要なポジションを占める作品はしだいに書かれなくなっていた。森村山岳ミステリーファンにとっては、本書は文字どおり待望の一冊と位置づけられよう。

では本書の山は、どのように描かれているのだろうか。

まず、山を神聖なものとして切実に仰ぎ見る人間の姿はもはやうかがえない。それは初期作品と本書との間における時間の経過、すなわち高度成長を経て日本人一般の生活に余裕が生まれ、人間らしさは車や旅行などレジャーの実際の場に求めることが可能となり、夢や幻想に仮託する必要がなくなったことが大きく関係している。登場する登山家の一人・高原恭平《たかはらきょうへい》にいたっては、山に救いを求めるどころか、なんと、もっとも非人間的に日本人が生きた時代である戦争の時代にあこがれ、「暇つぶし」のために山に登るのである。属する山岳会の会長はこう評する。

「彼にとっては、山は戦うべき対象であり、敵の代わりだったのです。戦争がないので、やむをえず山に登っているという感じでした。彼は山を愛しているのではなく、憎んでいるようでした」

いわば平和ぼけして「暇つぶし」だけが存在証明となってしまった彼のその姿は、街の暴走族や繁華街を無目的に闊歩《かっぽ》する無頼漢と変わらない。生まれた時代をまちがえたとうそぶく空虚で後ろ向きな生き方に、山の神聖さは伝わるすべもないのである。

山からの断絶の主張も、どこかしら矛を納めている。それは、山が下界の侵略によって、すっかり下界の延長でしかない世界になってしまったとの感覚を反映しているものとおもわれる。新ルートの開発や大資本による豪華な山小屋建設などによって、いまの中高年登山に見られるような観光地化が急速にすすみ、山は神聖さをおのずと失うのと同時に、厳しさをも下界に譲り渡してしまったということだろう。山男がアルバイト先の山小屋で人気アイドルに見初められ、「下界のヒモ」になって喜んでいたら下界で何者かに命を奪われるという話は、初期の作品における山の理と都会の論理がひっくり返っているともいえる。すなわち本書は、時代の変化を俯瞰《ふかん》し、山と下界との境界はもはやなくなったものとして描かれた山岳ミステリーである。

とはいえ、今の時代の山を、汚れた地、失われた聖地、と決めつけてのことではない。事件解決後の棟居との会話で、本宮桐子はこう述べる。

「人間が高い山に登ったり、深い海へ潜ったりするのは、人間の心の中にある尊い願いを探そうとする志があるからじゃないかしら。（略）山がそこにあるから登る人や、山に困難の限界を験《ため》そうとする人や、あるいは山で下界の生活に疲れた心身を癒すために登る人や、それぞれに山登りの目的は異なっても、山に下界にはないなにか清浄なものを求めようとする気持ちは同じだとおもうの。山に不浄なものを求めて来る人たちは、もともと山男や山女ではなく、山に登る資格も価値もない人間だわ」

これは、山へのおもいの原点を見つめようとする意志の表明である。今はもうそういう時代ではないが、夢や幻想にしろ仰ぎ見たあの頃の「尊い願い」「清浄なものを求めようとする気持ち」、そうした原点を再確認しようと桐子はうながしている。高原恭平が「暇つぶし」に求めた存在証明や、犯人が「唯一の優越」に求めた存在証明のありようは誤りである。その空虚さにくらべれば、かつての日本人が夢や幻想に求めた存在証明のほうが、同じ空虚でも、はるかに人間の尊厳にかなっている。仰ぎ見るしかなかった頃と違って実際に誰もが山に入ることができる今であればこそ、原点において山のあるべき姿が問われなければならないというわけである。その意味で、本書は決して山を見捨ててはいない。それは森村誠一の立場でもあろう。

もっとも桐子は、「山のあるべき姿は、人間から完全に切り離された山かもしれないわね」とも言い、そこには、もうそんな山は残っていないとの逆説の悲しみのひびきがこもる。そして、その悲しみも森村誠一の眼差《まなざ》しのそれであろう。

山を見捨ててはいない立場と、神聖な世界としての山が失われゆく現実への眼差しのはざまで、今後さらに、森村誠一がどのような山岳ミステリーを送りだしてくれるのか期待されよう。

本書は一九九九年四月刊の角川文庫に加筆修正し、改版したものです。

本作品はフィクションであり、実在のいかなる組織・個人ともいっさい関わりのないことを附記します。また、地名・役職・数字などの事実関係は執筆当時のままとしています。

棟《むね》居《すえ》刑《けい》事《じ》 悪《あく》の山《やま》

森《もり》村《むら》誠《せい》一《いち》

平成11年 4月25日　初版発行
平成30年 2月25日　改版初版発行
令和6年 12月10日　改版4版発行

発行者●山下直久

発行●株式会社KADOKAWA
〒102-8177　東京都千代田区富士見2-13-3
電話　0570-002-301（ナビダイヤル）

角川文庫 20786

印刷所●株式会社KADOKAWA
製本所●株式会社KADOKAWA

表紙画●和田三造

●お問い合わせ
https://www.kadokawa.co.jp/（「お問い合わせ」へお進みください）
※内容によっては、お答えできない場合があります。
※サポートは日本国内のみとさせていただきます。
※Japanese text only

ISBN978-4-04-106616-4　C0193

角川文庫発刊に際して

角川源義

第二次世界大戦の敗北は、軍事力の敗北であった以上に、私たちの若い文化力の敗退であった。私たちの文化が戦争に対して如何に無力であり、単なるあだ花に過ぎなかったかを、私たちは身を以て体験し痛感した。西洋近代文化の摂取にとって、明治以後八十年の歳月は決して短かすぎたとは言えない。にもかかわらず、近代文化の伝統を確立し、自由な批判と柔軟な良識に富む文化層として自らを形成することに私たちは失敗して来た。そしてこれは、各層への文化の普及滲透を任務とする出版人の責任でもあった。

一九四五年以来、私たちは再び振出しに戻り、第一歩から踏み出すことを余儀なくされた。これは大きな不幸ではあるが、反面、これまでの混沌・未熟・歪曲の中にあった我が国の文化に秩序と確たる基礎を齎らすためには絶好の機会でもある。角川書店は、このような祖国の文化的危機にあたり、微力をも顧みず再建の礎石たるべき抱負と決意とをもって出発したが、ここに創立以来の念願を果すべく角川文庫を発刊する。これまで刊行されたあらゆる全集叢書文庫類の長所と短所とを検討し、古今東西の不朽の典籍を、良心的編集のもとに、廉価に、そして書架にふさわしい美本として、多くのひとびとに提供しようとする。しかし私たちは徒らに百科全書的な知識のジレッタントを作ることを目的とせず、あくまで祖国の文化に秩序と再建への道を示し、この文庫を角川書店の栄ある事業として、今後永久に継続発展せしめ、学芸と教養との殿堂として大成せんことを期したい。多くの読書子の愛情ある忠言と支持とによって、この希望と抱負とを完遂せしめられんことを願う。

一九四九年五月三日